赤瞳者

03

宿主

沒人天生就是怪物，
有些人是被身邊的人當作怪物，
才真的變成了怪物。

林花——繪

第一章

這個房間不大，陳設很簡單，只有一張單人床、一個床頭櫃、一座衣櫥，一個相貌斯文白淨的男人躺在床上，眼睛半開半闔。

「這是怎麼回事？」

譚曜磊好不容易能開口時，聽見自己的聲音是啞的。

袁醫師站在床的另一邊，低頭凝視躺在床上雙眼緊閉的康旭容，「你已經知道沛然被赤瞳者的血液感染了吧？」

譚曜磊從這句問話察覺到了什麼，猛然扭頭看向袁醫師。

「莫非……康旭容也遭到赤瞳者的血液感染？所以才會變成這樣？」

「是的。旭容和沛然都被宇棠的血液所感染，差別只在於旭容是自願的。」袁醫師語氣沉重。

「自願？」

「對，旭容這麼做，是爲了不讓宇棠像其他死去的第二型感染者一樣，承受不住紅病毒帶來的痛苦，進而毀了自己。」袁醫師吐出驚人之語，「普通人在被赤瞳者的血液感染後，其血液產生異變，能平定赤瞳者體內的異能騷動，旭容在無意中發現了這一點，於是他以自身作爲試驗品，將宇棠的血液注射至體內，再讓宇棠飲下他的血液，獲得了極好的成效。」

爲了蕭宇棠，康旭容竟心甘情願犧牲自己？

譚曜磊覺得難以置信，開始認爲先前聽到的傳言，或許並非空穴來風。

「康旭容爲何願意爲宇棠做到這種地步？他對宇棠是否懷有某種超乎尋常的特殊情感？」

「無論有或沒有，我相信他對宇棠的愧疚，肯定是最深的。」袁醫師沉吟片刻，竟沒有斷然否認，「將紅病毒一事告訴旭容的人，是吳德因的次子傅煒。最初傅煒向旭容求援，旭容卻沒有把他的話當眞，直到一名第二型感染者在電影院裡能力覺醒並失控，導致五十多名無辜民眾命喪火窟，其中包括史密斯的妻兒，傅煒引咎自殺，旭容才驚覺一切爲眞，爲此深感自責與懊悔。」

譚曜磊眉頭微蹙，猜測：「過去吳德因始終對外宣稱她的兩個兒子都是因病過世，其實她很清楚傅煒眞正的死因，只是事關赤瞳者，才這般遮掩過去，對吧？那她知道傅煒認識康旭容嗎？」

「你猜得沒錯，吳德因早知傅煒會反對她的所作所爲，才瞞著他進行那六場器官移植手術，事後也拒絕透露那六名接受器官移植的孩子的下落。她自然不知旭容與傅煒相識，否則她不會讓旭容接下照護宇棠的任務。」

譚曜磊見識過吳德因的一意孤行與瘋狂，對此並不意外。

袁醫師緩緩走到床邊，抬手替康旭容裡了下並不凌亂的頭髮，「一證實紅病毒的存在，以及發現吳德因刻意製造出第二型感染者，旭容聯繫了我，史密斯也在追查出吳德因的這番作爲後，想方設法進到德役任職。之後旭容追隨史密斯的腳步進入德役，打算與他聯手救出其他第二型感染者。」

「傅煒和康旭容是怎麼認識的？」

「傅煒不是吳德因的親生兒子，是她從育幼院領養的。傅煒和旭容小時候在同一間育幼院待過一段時間，長大後在美國重逢。旭容很看重這個朋友，賭上自己的人生也要完成他的遺志。」袁醫師嘆了口氣。

譚曜磊再度看向躺在床上的康旭容，驀地想起一件事，「康旭容和沛然同樣是被宇棠的血液所感染，儘管沛然神經受損、失去痛覺，免疫系統也變得低下，但他起碼還能行動自如，也還算能過正常的生活，爲什麼康旭容的情況比沛然嚴重那麼多？難不成一旦受到感染，身體便會持續惡化下去？」

譚曜磊萬分不願想像夏沛然有一天也會像康旭容一樣，變成只能躺在床上呼吸的植物人。

「旭容之所以特別嚴重，可能是因爲他受到了二次感染。」即使袁醫師語氣依然平靜，眼神卻流露出深切的哀傷，「三年前，旭容準備帶宇棠從德役逃走，計畫卻意外敗露，吳德因察覺旭容背叛了她，於是派一群人闖進旭容的住所……也不知道是爲了試驗，還是存心要殺他，吳德因讓那些人將其他名赤瞳者的血液，注射至旭容的體內。」

聞言，譚曜磊全身寒毛直豎，瞳孔倏地放大。

「史密斯遲了一步趕到，他救出旭容後，將他送來我這裡。雖然撿回一命，旭容卻再也沒能從這張床上起來。兩度受到赤瞳者的血液感染，會對人體造成極大的損傷，旭容還能活下來，已實屬奇蹟。」袁醫師看了看牆上的鐘，熟練地爲康旭容翻過身體，手掌弓起如杯狀，替他捶打背部和臀部，由上往下來回數次，避開脊椎及腎臟的位置，約莫七、八分鐘後才停下。

譚曜磊明白此舉是爲了促進康旭容血液循環，避免他由於久臥病床而產生褥瘡。旁觀這段過程，譚曜磊心想，這幾年來，袁醫師應該一直都得貼身照護康旭容的生活起居，其中付出的辛勞與時間，旁人難以想像。

如果不是吳德因，康旭容不會落得如此境地，袁醫師也不用這般辛苦。

「康旭容遇襲時，宇棠不在他身邊嗎？」譚曜磊問。

「旭容安排宇棠前往離島，與多年不見的家人見面，宇棠搭機回來時，發現吳德因埋伏在機場大廳等她，所幸她機警逃脫，回到旭容的住處，並遇上趕去接她的史密斯。」

結合蕭宇棠先前所言，譚曜磊更得以窺見整件事情的全貌。只是想到蕭宇棠被接過來這裡之後，見到的卻是已然人事不知的康旭容，譚曜磊的舌尖嘗到一絲苦澀，不忍揣想她當時的感受。

袁醫師替康旭容重新蓋好被子，抬頭望向譚曜磊，「宇棠初次踏進這個房間，就站在你現在站的位置，她失魂落魄地看著旭容好幾個小時，一句話都沒說，也沒有流一滴眼淚。我想就是從那個時候起，這孩子的心就碎了。宇棠住在這裡的第一年，我不曾見她笑過。」

「她認爲康旭容變成這樣是她害的。」譚曜磊用肯定的語氣說。

「沒錯。即使你我都深知這不是宇棠的過錯，她依然將所有的責任全攬在自己肩上。不過宇棠並未自暴自棄，她決定接替旭容未完的工作，找出其他第二型感染者，同時與留在德役的史密斯繼續合作。」袁醫師臉上浮現欣慰之色，深以蕭宇棠爲傲。

「吳德因難道沒查出是史密斯救走康旭容的？她爲何會放過史密斯？甚至還允許

他留在德役？」譚曜磊對此感到不解。

「史密斯告訴吳德因，他手裡有她和旭容共同犯罪的證據，包括他們如何掩蓋宋曉芠死亡的真相，以及宇棠身上的危險異能從何而來。史密斯向吳德因謊稱，他原想藉此當面威脅旭容，逼迫他離開德役，誰知他前往旭容住處時，撞見一群人正在抓捕旭容，且一併對他使出攻擊，他基於防衛才出手抵禦，雙方爭鬥之際，不料卻另有他人趁亂將旭容帶走。」

「吳德因相信了？」譚曜磊擰眉，過去曾任刑事局偵查大隊長的他，一下子就聽出史密斯這番說詞的諸多漏洞。

袁醫師苦笑，「或許起初也是半信半疑吧，畢竟史密斯自始至終都對旭容表現出深惡痛絕的態度，說是出於私怨這麼做，也未嘗完全沒有可能。史密斯向吳德因提出條件，只要同意讓他留在德役，且吳德因不做出危害德役師生安全的行為，他便不會將她的犯行公諸於世。不管吳德因當時心裡是怎麼想的，史密斯總算能繼續留在德役，等待其他第二型感染者現身。不過史密斯心裡也很清楚，只要一出現適當時機，吳德因就會毫不留情殺了他。」

譚曜磊頗為同意袁醫師的觀點，吳德因應該早在史密斯提條件時，就對史密斯起了殺心，她可不會容許自己受制於人。

「讓譚先生蹚入這又黑又深的渾水，實在對你很抱歉。」袁醫師滄桑的面容浮上一抹無奈與哀傷。

「別這麼說，一開始我確實曾經一度後悔涉入其中，但隨著眞相逐漸揭露，我無法坐視吳德因利用瑞軒他們犯下更多惡行。如果可以，請讓我助你們一臂之力，救出瑞軒和王定寰。」譚曜磊上前握住袁醫師的手，誠懇說道。

「譚先生，方才你問旭容爲何願意爲宇棠做到這種地步？如今我也想問你，爲何願意爲這些孩子做到這種地步？倘若繼續涉入，你很可能會遭遇和旭容、史密斯一樣的危險，你心中必然有數。」

譚曜磊沒有答腔。

「我知道把你拖下水後再這麼說，相當不負責任，但你還來得及抽身。你救了史密斯和宇棠，做得已經夠多了，倘若你選擇現在退出，不會有人責怪你，沒人願意你這樣的好人出事。」袁醫師頓了一下又說：「不過，我一方面又覺得很欣慰，經過沛然那件事，我本來以爲宇棠這一生不會再對別人付出信任。」

「……這話怎麼說？難道沛然遭到感染背後另有原因？」譚曜磊問完，忽然察覺一個疑點——

蕭宇棠是如何肯定，夏沛然和他的好友是被她的血液所感染？

以取得方便這個角度來看，吳德因應該要選擇馮瑞軒或王定寰的血液對外進行交易才是。吳德因是如何在蕭宇棠離開一年後，還能取得她的血液？莫非早在之前，她就已經定期抽取蕭宇棠體內的血液，並且保存下來？

然而袁醫師接下來的解釋，推翻了譚曜磊的猜想。

「為了尋找治療赤瞳者的方法，我曾邀請三名熟識的醫學專家來到台灣。源於對我的信任，宇棠同意將自己的身體交付給他們進行研究，不料其中一名醫學專家卻數度將宇棠的血液，私下出售給與吳德因有關係的一間醫院，從中牟取鉅額財富。宇棠察覺之後，抓住了那群不法之徒，並從那些人的記憶裡，看見有多名重症病患被注射了她的血液，沒過多久便痛苦死去，也看見沛然與他朋友無辜受害，宇棠當場就殺了那群人。那是她首次出於自我意志動用異能殺人。」

譚曜磊感覺後腦像是被重重一擊，他無法想像自己現在的表情。

蕭宇棠當時必然憤怒已極，才會在意識清醒的情況下動用異能殺人，儘管那些人確實罪該萬死，但等到蕭宇棠冷靜下來，她會怎麼看待犯下殺行的自己？

她……會不會後悔？會不會終其一生都得被罪惡感糾纏？

「這些沛然都知道？」

「他知道。害他變成這樣的人，也包括我在內；是我逼得宇棠不得不動手殺人，讓她的雙手再次染上鮮血。」袁醫師說著眼眶便紅了。

譚曜磊想安慰他，卻什麼話也說不出。

「我很高興譚先生有心相助，但你若是接受宇棠的委託，可能會使得你在往後的日子裡，都得活在險境之中。你的眼神令我想起從前的旭容，我擔心你會走上跟他相同的道路，甚至斷送性命。」

「救出那名年紀最小的赤瞳者之前，若我遭遇不測，就拜託你了。」

「我所做的事，總有一天會讓你恨我，並後悔跟我這種人扯上關係。」

過去蕭宇棠說過的話，在譚曜磊腦中浮現，他抬眼看向袁醫師，沉聲問道：「您知道宇棠打算託付我什麼事嗎？」

「她沒有對我明說，但必然與年紀最小的那名赤瞳者有關。」袁醫師無比篤定，一副極有把握的樣子。

「您爲何如此認爲？」

「因爲事情就快要『結束』了，宇棠會在這種時機找上你，想必是爲了那個孩子做打算。」袁醫師說得意味不明。

譚曜磊想起先前蕭宇棠也曾對他說過事情快要結束了，他一直不明白那是什麼意思，正想追問下去，外套口袋卻傳來震動，他拿出手機低頭望去，是夏沛然傳訊息過來。

「譚叔叔，定寰醒過來了，瑞軒會想辦法說服他暫時住在袁伯伯家。校長預計明日清晨回到台灣，我和宇棠姊決定今晚就將定寰送過去。如果您還願意繼續協助我們，請在下午三點前來我的病房一趟。」

那句「如果您還願意繼續協助我們」讓譚曜磊愣怔了下，難道夏沛然認爲，見過袁醫師後，他可能會改變心意，就此抽手不管？

「是沛然傳訊息過來嗎？」袁醫師問。

「對，他說王定寰醒了，他們打算今晚把王定寰送過來你這裡，請我三點前去醫院一趟。」

「嗯，我本來多租了樓上一戶房子，打算作爲馮瑞軒和王定寰未來的落腳處，既然馮瑞軒要留在德役，那就讓王定寰與我同住，也好就近照顧他。」

「這樣好嗎？王定寰的是非觀念有別常人，又身負異能，倘若沒有瑞軒陪在他身邊引導，我擔心……」譚曜磊爲袁醫師的人身安全擔憂。

「沒有人天生就是怪物，有些人是被身邊的人當作怪物，才眞的變成了怪物。」袁醫師輕輕擺了擺手，像是絲毫不以爲意，只莞爾一笑，「譚先生，你眞的願意繼續幫助我們？」

譚曜磊沒有思考太久，便堅定地點下了頭。

「你不害怕？」

「我不會虛張聲勢說自己完全不害怕，但我更害怕看見宇棠、瑞軒和沛然出事。要是哪天聽聞他們遭逢不幸，甚至傳來死訊，我一定會後悔自己沒能保護他們到最後。我知道赤瞳者不容於世，也知道很多無辜的人民因爲赤瞳者而死去，但我還是希望宇棠他們能活著，以普通人的身分平凡安穩地活下去……」一股強烈的心酸湧上心頭，譚曜磊難以爲繼。

「旭容說過和你一模一樣的話。」袁醫師眼神溫柔，「難怪宇棠會選擇你，也忍不住會想要依賴你。譚先生，你和旭容有很多共同點，或許只有你有辦法改變那孩子的心意。」

「什麼意思？」

袁醫師指指譚曜磊的手機，「你要不要先回沛然訊息？否則他可能會認爲你的不回應，是一種拒絕的表示。」

譚曜磊毫不猶豫回傳訊息，表明自己等會就前往醫院，接著他目光筆直地投向袁醫師，「您有什麼話請直說無妨，還有，您說的『結束』是指什麼？」

「聊了這麼久，你應該渴了，我重新沖一壺茶給你。我們回客廳吧。」說完，袁醫師看了康旭容一眼，逕自走出房間。

不知爲何，譚曜磊莫名有種感覺，袁醫師不想在康旭容面前回答這個問題，儘管康旭容根本聽不見。

從客廳的窗戶望出去，天空一片灰茫茫，小雨斜斜打在玻璃上，匯集成水流一行行蜿蜒而下。

等待袁醫師沖茶的時間，譚曜磊注意到放在書櫃上的一幀照片，那是袁醫師和身穿學士服的康旭容的合影，兩人神采奕奕地站在藍天白雲下。

「從育幼院離開後，旭容換過兩個寄養家庭，即使成長過程比一般人多了許多波折，他仍十分努力上進，考取美國首屈一指的醫學院。」袁醫師端著茶盤走回客廳，在沙發上坐下，「他是我教學生涯中難得一遇的優秀學生，很多人都對他的未來寄予厚望。」

譚曜磊收回視線，也坐到沙發上，忍不住問：「他還有機會甦醒嗎？」

的香氣。

「我不知道。」袁醫師拿起茶壺，倒了兩杯茶，茶色橘紅，帶著些許焦糖和蜂蜜

透過熱茶的冉冉白煙望過去，袁醫師的面目變得略微模糊不清，看在譚曜磊眼中，竟有點像是一尊悲憫世人的佛像。

「不過我會祈禱奇蹟再度降臨，別看旭容外表斯文溫和，他是我見過意志最堅強的人，他能夠捱過兩次紅病毒感染不死，絕非單純的幸運。我甚至相信他還保有部分意識，所以每天都會跟他說說話。我了解旭容，他不會輕易拋下宇棠離開，他一定還在堅持著。」將倒好的茶輕輕放到譚曜磊面前的桌上，袁醫師繼續說：「關於你剛才問我的問題，你先前是否從宇棠那裡聽說過什麼？」

譚曜磊點頭，表示自己在初次見到蕭宇棠時，她便聲明這件事就快要結束，也說過她和史密斯約好事情結束那天要再次相見，但他始終不明白她所謂的「結束」是指什麼。

袁醫師沒有馬上回答，又問：「宇棠找上你合作的那段期間，你發現吳德因與警政署長暗中勾結，連你最信任的下屬都背叛了你，是吧？」

「是的。」譚曜磊喝了口茶，想沖淡嘴裡的苦澀。

李哲的背叛一直是譚曜磊心裡的痛，尤其李哲向來視他如兄長，他也對李哲多有

照拂，他以爲李哲應該會對他多一點信任。

譚曜磊悠悠嘆了口氣，隨即想起一處疑點，連忙開口詢問：「對了，當初羅署長曾經召開會議，聚集各部高層長官，向我說明赤瞳者和紅病毒的種種已知細節，其中竟不曾提及赤瞳者的血液對人類具有怎樣可怕的殺傷力，難道他們對此並不知情？還是他們刻意瞞著我？」

袁醫師沒有吭聲，似是默認了他的猜測。

譚曜磊頓覺晴天霹靂，端著茶杯的手僵硬定格在半空中

「所以是他們刻意瞞著我？」

「恐怕是這樣沒錯。」

譚曜磊臉色難看，「爲什麼？」

「極有可能是出自警政署長的授意，他長期包庇吳德因利用赤瞳者的血液進行犯罪，而他不敢小看你查案的能力，怕一旦說了，你要是順藤摸瓜，揭露官商勾結黑幕，豈不是搬石頭砸自己的腳。」

過去所信仰與投身的警察體系，竟然從頂頭就藏汙納垢，譚曜磊有強烈的震驚，也有巨大的失望。

「既然宇棠都知道，她爲何不告訴我？」

「她應該是想讓你自行發現，從你的反應確認你是否値得信任。」

「……羅署長手上掌握的情報到什麼程度？他知道吳德因這個人有多喪心病狂嗎？」譚曜磊顫聲問。

「我懷疑這位羅署長知不知道自己是在與魔鬼進行交易，他應該不曉得吳德因蓄意透過器官移植手術，製造出六名第二型感染者。」袁醫師冷嗤一聲，「吳德因生性多疑，不會輕易信任他人，否則旭容也不會花上數年時間，才得以從吳德因口中查探出其他第二型感染者的下落。」

站在警界最高位階，最該守護人民安全之人，竟淪爲吳德因的幫凶！

想到這裡，譚曜磊怒氣上湧，不由得攥緊了拳頭。

「吳德因交友廣闊，政商關係良好，必定不乏其他與她暗中勾結者，所以吳德因才能一手遮天，犯下諸多惡行。」袁醫師不無感慨。

「難道沒人阻止得了她？」譚曜磊沉聲問。

「螳螂捕蟬，黃雀在後。」袁醫師微微挑眉，「如果說，那些受到牽連而死去的無辜人士，以及被操控利用的宇棠、瑞軒等人是蟬，那麼吳德因和警政署長就是螳螂了。」

這段話顯然還有未竟之意，譚曜磊連忙問：「那黃雀是指誰？」

「那個人的身分地位，高過於警政署長和吳德因。」

譚曜磊皺眉凝思半晌，雙目微微瞠大。

「難道……是總統？」

「沒錯。」袁醫師肯定地點頭，「宇棠已經私下與總統接觸過，並且建立合作協議。除此之外，國際刑警組織也早就盯上吳德因，待時機成熟，便將一舉逮捕吳德因與其共犯。」

這個突如其來的震撼消息，令譚曜磊的心臟一陣狂跳。

「宇棠是什麼時候與總統進行接觸的？她是如何做到的？」

「那是去年的事。你或許會覺得難以置信，不過宇棠身分特殊，要見總統一面並非難事。」袁醫師淡淡道。

的確，倘若提出邀約的一方是赤瞳者，應該沒有哪位國家元首會無視。

譚曜磊強壓下激盪的心緒，深吸了一口氣：「我能知道宇棠和總統達成的協議內容嗎？」

袁醫師點點頭，「我會先告訴你一部分，其他等王定寰搬過來，再跟你和馮瑞軒細述。」

「瑞軒？她不是要留在德役？」譚曜磊不解。

「之後我會請你找機會帶馮瑞軒過來一趟。事關她和王定寰的命運，她有權利知情。」袁醫師眼中閃過一絲悲憫，「簡單來說，總統給出期限，要宇棠找出所有被吳德因藏匿起來的赤瞳者，並將他們從吳德因身邊帶離，如此一來，就會放他們一條生路。否則等約定的期限一到，政府就將與國際刑警組織合作，動手逮捕吳德因，過程中若遇其他赤瞳者反抗，一律格殺勿論，只留吳德因一個活口。」

譚曜磊大驚，「這是眞的嗎？」

「千眞萬確。吳德因被逮捕那日，就是『結束』的日子。離總統給的期限，只剩兩個月了。」

譚曜磊霎時理解了蕭宇棠的用意。

或許蕭宇棠預料自己無法在期限內找出年紀最小的那名赤瞳者，才將這項任務託付給他，倘若那名赤瞳者未捲入那場即將來臨的戰爭，仍能保有一線生存之機。

問題是蕭宇棠怎麼能篤定他做得到？

甚至宣稱他一眼就能認出那名赤瞳者？

還來不及細思，譚曜磊很快又想到另一個至關重要的疑問。

「據我所知，各國政府皆有共識，不會給赤瞳者任何生路。為什麼總統願意和宇棠達成這樣的協議，想必總統有開出其他條件吧？」

袁醫師投向譚曜磊的目光有著贊許，「你說的沒錯，這就是日後我要再對你和馮瑞軒細說的部分，屆時，我另外還有件事要拜託你。」

譚曜磊默然片刻，點點頭，「我明白了。」

見譚曜磊依舊眉頭深鎖，看上去心事重重，袁醫師莞爾道：「心裡還是很不安對吧？你認為總統和宇棠的這項協議只是緩兵之計，最終政府還是會置所有赤瞳者於死地？」

譚曜磊無法否認，微微苦笑。

「你會這麼想，是因為你以為赤瞳者沒有痊癒的可能。」袁醫師意味深長道。

譚曜磊猛地側過頭看他，衝口而出：「難道有什麼方法能讓赤瞳者恢復與常人無異？」

袁醫師眼底笑意更深，緩緩道出一個驚人的消息。

✦

一個小時後，譚曜磊回過神，發現自己已然抵達醫院門口。

他不記得剛才自己是怎麼離開袁醫師的住處的，有很長一段時間，他腦中全然被袁醫師的那兩句話所占據——

「紅病毒並非無藥可醫。」

「就在去年，國際出現首例體內檢測不出紅病毒的赤瞳者。」

第二章

「譚叔叔，眞高興你來了。」

夏沛然向譚曜磊打招呼的口氣，聽起來是眞的很開心。

「我當然會來。」譚曜磊笑著關上病房房門，隨即環顧四周，連廁所都不放過，「只有你一個人？」

「嗯，宇棠姊不會過來，她請我代爲向你轉述今晚的計畫。不過晚上你接走定寰時，她會暗中護衛你們平安抵達袁伯伯家，你儘管放心。」夏沛然敏銳地看穿了譚曜磊的心思。

譚曜磊微微一笑，伸手揉了揉他的頭髮，「沛然，你是我見過最不可思議的孩子。」

「這是稱讚嗎？」

「是稱讚。」

「哇，眞開心，被譚叔叔肯定，感覺特別榮耀！」夏沛然眉開眼笑，「你見到康旭容了嗎？」

「見到了。」譚曜磊心中一凜，不欲多談，接著話鋒一轉，「瑞軒呢？她說服定寰了嗎？」

「不知道，我也還在等瑞瑞學妹的回覆。」

「你們計畫怎麼做？」譚曜磊進入正題。

夏沛然單獨住在一間病房，馮瑞軒和王定寰則共同住在另一間，兩間病房同在醫院七樓，繞過一條走廊就到了。夏沛然拿出手機操作幾下，調出該樓層的平面圖，指著東邊的逃生門。

「今晚十一點，瑞瑞學妹會支開她媽媽，使用異能讓負責看守的警衛暈過去，由我帶著定寰從這個逃生門去到一樓。」夏沛然笑吟吟地抬頭看向譚曜磊，「請譚叔叔在一樓逃生門接應，開車載走定寰。確認你們順利離開後，瑞瑞學妹會通知校長，宣稱定寰忽然襲擊警衛逃走，不知去向。」

這個計畫比譚曜磊想像中簡單，卻確實頗爲可行。王定寰本身就具攻擊性，也向來行蹤不定，聽到他在襲擊警衛之後失蹤，吳德因應該不會馬上起疑。計畫唯一的變數只剩下王定寰，如何說服王定寰心甘情願與自己離開，並且心甘情願與袁醫師同住，這才是重點。

五分鐘後，夏沛然收到馮瑞軒傳來的訊息。

「譚叔叔，瑞瑞學妹請你現在過去一趟。」

「你不一起去？」

「先前為了阻止定寰殺害韓宗珉，我痛揍了他一頓。他能操控火苗，我怕他記恨，一見到我就氣得把我燒了，所以譚叔叔你一個人過去就好，記得幫我多說些好話。」夏沛然俏皮地對他眨眨眼睛。

馮瑞軒和王定寰的病房門前，站著兩名身材高大的警衛，警衛認識譚曜磊，禮貌地開門讓他進去。

只見馮瑞軒與王定寰同坐在一張病床上，馮瑞軒一手摟著王定寰的肩，一手握住他的手，看上去神態親密。

「譚叔叔，你請坐。我媽媽去辦事，晚一點才會回來。」馮瑞軒向譚曜磊點頭招呼。

譚曜磊對她笑了笑，輕輕拉過一把椅子，在兩人身前坐下，盡可能不驚擾那名十二歲的男孩。

王定寰的瞳色已不再是他那天看到的血紅色，而是如濃墨般的黑。此刻的王定寰面容稚嫩，膚色白淨，神態乖巧，完全看不出是那名性情凶殘的赤瞳者。

「定寰，他就是譚叔叔。」馮瑞軒溫聲對男孩說，「他和沛然哥哥救了我們，是可以信任的人。」

「定寰，你好。」譚曜磊主動釋出善意，「我叫譚曜磊，很高興見到你。」

男孩目不轉睛地盯著他，眼中透出冷冰冰的警戒。

「瑞軒一定對你很重要吧？所以當你知道有人企圖傷害她，你就立刻過去救她。幸虧有你，瑞軒才能逃過一劫，謝謝你保護她。」譚曜磊沒有迴避男孩的目光，刻意放慢語速，「瑞軒已經告訴你，德因奶奶對你們做了許多壞事對吧？她接下來的舉動，會讓瑞軒陷入更多更可怕的危險。你能不能和我、還有沛然哥哥一起保護瑞軒，不讓德因奶奶傷害她？」

方才一聽到夏沛然的計畫，譚曜磊便開始盤算要如何說服王定寰配合，他看得出王定寰很看重馮瑞軒，若是能從保護馮瑞軒這個角度出發，或許會有用。

王定寰的眼神果然出現動搖，譚曜磊知道自己說動了他。馮瑞軒也發現了，她能感受到男孩想保護她的心意，眼眶有些泛紅。

「今晚十一點，沛然哥哥會悄悄帶你下樓，而我會在一樓等你。譚叔叔保證，之後我會盡快帶瑞軒去找你。定寰，你要記住，你必須先平安無事，瑞軒才能平安無事。」

王定寰像是在認眞思考譚曜磊所言，神情異常專注。

此時譚曜磊從他提過來的紙袋裡取出一隻小狗布偶，這是夏沛然剛才交給他、讓他送給王定寰的禮物。

「這是沛然哥哥和我送給你的。聽說你很喜歡狗，希望今天晚上，你會帶著它來找我。」譚曜磊微微一笑，把布偶遞過去。

儘管王定寰眼裡的戒備漸漸消失，但他依舊沒有回應譚曜磊，最後是馮瑞軒替他接過布偶。

隨後譚曜磊藉著與馮瑞軒閒聊，讓王定寰適應他的存在，並特意選擇王定寰會感興趣的話題切入。譚曜磊說起自己小時候會留下一半午餐飯菜，拿去餵流浪狗；國中時家裡也養過一隻米格魯，他每天放學都會帶那隻性格活潑、喜歡社交的狗狗去外面散步，就算隔天要考試也不例外。

他感覺得到王定寰始終全神貫注聽他說話。

「定寰，你養過狗嗎？」譚曜磊扭頭看向王定寰。

王定寰仍然沒有反應，譚曜磊並不打算放棄，耐心地與男孩對視。

這次王定寰終於卸下心防，不甚明顯地輕點了下頭。

譚曜磊心中欣喜，與馮瑞軒相視而笑。

見王定寰不再排斥自己，譚曜磊心想，差不多可以通知夏沛然過來，讓他試著跟王定寰拉近關係。

然而夏沛然才一走進病房，王定寰立刻目露凶光，小小的肩膀聳了起來，像隻豎起全身尖刺的刺蝟，嚇得夏沛然連忙躲到譚曜磊身後，馮瑞軒也趕緊抱住王定寰的肩膀，安撫他的情緒。

「定寰，看在小狗布偶的份上，別再生哥哥的氣了，好不好？」夏沛然從譚曜磊背後探出一顆頭，可憐兮兮地對王定寰眨了眨眼。

夏沛然的性格本就容易討人喜歡，在他好聲好氣再三道歉下，總算讓王定寰不再視他如仇敵，同意配合這次的逃亡計畫。

即便直到譚曜磊離開醫院前，王定寰仍未出聲與他交談，但從男孩目送他走出病房的眼神，他明白男孩已接納了他的存在。

✦

夜色愈來愈深，重要的時刻終於來臨。

馮瑞軒吩咐王定寰先躺在床上裝睡，她拎著水壺走進廁所，將水壺裡的開水倒得一滴不剩。到了十點五十分，她向母親表示口渴，請馮母到茶水間裝些溫開水，順便再去家屬休息室拿幾本雜誌回來。

馮母離開病房幾分鐘後，馮瑞軒抓起桌上的馬克杯往地上用力一摔，杯子應聲而碎，門口的警衛聽到聲音，急忙衝進病房查看。

埋伏在門後、瞳色轉紅的馮瑞軒，冷不防伸出雙手，分朝兩名警衛的後頸襲去，兩人連一聲驚呼都來不及發出，便失去意識，倒地不起。

夏沛然早已躲在病房外等候，見馮瑞軒得手，他幾步走上前，帶著王定寰前往東邊的逃生門走下樓梯來到一樓，與譚曜磊會合。

「沛然，做得好。接下來交給我。」譚曜磊先是向夏沛然點點頭，隨即低頭看向手中抱著小狗布偶的王定寰，「定寰，我們走吧！」

王定寰卻是面無表情，沒有邁開腳步的意思。

譚曜磊看出他不願離開馮瑞軒，便對他說：「等到了袁伯伯家，我們馬上打電話給瑞軒，瑞軒不會有事的。」

好不容易哄得王定寰上車，譚曜磊當即驅車離開。

沒過多久，他察覺後方有一輛黑色廂型車尾隨著他行進，同時他的手機收到一則訊息。

「是我。」

一確定廂型車裡的人就是蕭宇棠，譚曜磊下意識握緊方向盤，難以辨明自己此刻的心情。

他望向坐在副駕駛座的男孩，沉聲開口：「定寰，謝謝你願意相信我。我會竭盡全力保護你和瑞軒，不讓吳德因有機會傷害你們。」

男孩看了他一眼，依舊不發一語，只是將懷中的小狗布偶抱得更緊。

抵達袁醫師居住的公寓時，天空再度飄起細雨，袁醫師已站在樓下門口等候多時。

「孩子，歡迎你。我是袁爺爺，你可以放心在這裡住下來。」他朝王定寰張開雙臂，目光充滿慈藹。

男孩神態戒備，身子往譚曜磊靠近了些。

譚曜磊見狀，向袁醫師提議：「今晚能讓我陪他留在這裡嗎？」

「當然沒問題，下雨了，快上樓吧。」

袁醫師領著兩人回到住處，譚曜磊從客廳的窗戶望出去，已不見那輛黑色箱型車的蹤跡。

王定寰則在玄關站定，連鞋子也沒脫，只安靜地用一雙墨黑的眼睛打量四周。譚曜磊也不勉強他脫鞋進到客廳，逕自從口套掏出手機，發現馮瑞軒用夏沛然的手機傳來一則指明要給王定寰的語音訊息。

譚曜磊按下播放鍵：

「定寰，你平安到袁爺爺家了吧？你要聽譚叔叔的話，一定要留在那裡等我，我很快就去找你！」

聽到馮瑞軒的聲音，王定寰眉間一鬆，似是安下心來。

「定寰，時間不早了，你想睡覺了嗎？」袁醫師走過去彎下腰問他。

男孩沒有回答，扭頭迎上譚曜磊的目光，生硬地搖了搖頭。

「那要不要喝巧克力牛奶？袁爺爺這裡有非常好喝的巧克力牛奶。」袁醫師也笑著看向譚曜磊，「譚先生也來一杯好嗎？」

「好啊，麻煩您了。」

爲了這一天，譚曜磊向馮瑞軒打聽過王定寰的喜好，得知他除了喜歡狗，也很喜歡吃甜食，鬆餅和巧克力牛奶是他的最愛。

看到譚曜磊喝掉半杯巧克力牛奶，王定寰才拿起杯子，小口小口啜飲起來。

王定寰沒有去到袁醫師為他準備的房間休息，堅持與譚曜磊留在客廳，最後以譚曜磊的大腿為枕，在沙發上沉沉睡去。

望著男孩純真的睡顏，譚曜磊很難想像他其實是殺戮成性的赤瞳者。

「以往這個時間，他應該都是獨自在外四處遊蕩。」想起被王定寰殺害的那些人，譚曜磊語氣凝重，「希望他可以把這裡當作自己的家，有您這樣溫暖的大人在旁引導，也許這孩子就不會再走上錯路。」

「孩子的本性大都是良善的。」袁醫師嘆了口氣，「我也有個孫子，他和定寰年紀一樣大。」

「您的孫子住在香港嗎？」

「不知道，也許是在英國。我女兒在我妻子去世後，就帶著他遠走高飛，與我斷了聯繫。我已經十年沒有他們的消息了，或許這輩子都無法再見面。」

察覺袁醫師似乎有一段傷心的過往，譚曜磊陷入了沉默。

袁醫師回房就寢後，譚曜磊依舊沒有半分睡意。

凌晨四點，蕭宇棠竟然又傳了一則訊息過來。

「謝謝。」

也不知道為什麼，譚曜磊有種感覺，蕭宇棠知道他還沒睡，才在這個時間點傳訊息給他。

難道她還在附近？還在不遠處守護著他們？

譚曜磊點開對話框，卻不知該回覆些什麼。

明明有很多話想對這個人訴說。

最後他只能聆聽著雨聲出神，直至窗外天色漸亮。

✦

吳德因剛下飛機，一出海關便驅車趕往醫院。

馮瑞軒告訴吳德因，昨晚王定寰在床上睡著後，馮母去茶水間裝水，自己則走進洗手間刷牙，準備就寢，卻聽見門外傳來碰撞聲響，她急忙推門而出，卻發現兩名警衛倒在地上不醒人事，王定寰也不見蹤影。而兩名警衛醒來後，也說他們一進到病房，便遭人襲擊，頓時眼前一黑，什麼也沒看見。

「德因奶奶，對不起，我沒有把定寰看好。」馮瑞軒紅著眼眶向吳德因道歉，語氣充滿自責。

「不是妳的錯，以定寰的性子，本來就很難長久待在同一個地方，更何況是醫院。他大概是覺得每天關在病房很悶，才會趁你們不在跑開，等過一段時間，他應該就會像往常一樣，又自己回來。」吳德因寬慰她，「對了，醫生說妳可以出院回家休養了。等會我聯繫譚警官，請他下午開車送妳和妳媽媽回台中。」

馮瑞軒垂下頭，作出恐懼畏縮的神態，「德因奶奶，能不能讓我媽媽先搭高鐵回去？一想到韓宗珉學長，我還是很害怕，我想在沛然學長身邊多待一晚，明天再跟譚叔叔回台中，可以嗎？」

「好，妳媽媽那邊我來說。」吳德因一口答應，「這次妳和沛然都吃了不少苦，我會要求警方和律師向韓宗珉起訴究責，爲你們討回公道。」

馮瑞軒暗暗鬆了一口氣。

之後去到夏沛然的病房裡，夏沛然對她揚起讚賞的笑容。

「做得好，這樣明天妳就能和譚叔叔去找定寰，可惜我還不能出院，不然我也想跟你們一起去。」夏沛然一臉若有憾焉。

「你不要老想著提前出院，你一定要配合醫生的治療，乖乖留在醫院休養！」馮瑞軒不放心地再三叮囑他。

「知道了。」夏沛然微微一笑，從床邊櫃子抽屜裡取出一支手機，「瑞瑞學妹，這支新手機是爲妳準備的。我已經把我和譚叔叔，還有袁伯伯的電話號碼輸進去了，今後妳就用這支手機聯繫我們，千萬別讓校長發現。」

「怎麼？難道你認爲德因奶奶開始懷疑我了？」馮瑞軒馬上猜到夏沛然這麼做的原因。

「校長不是笨蛋，能預先做些防備總是比較安全。一旦校長察覺定寰遲遲未能回到她身邊，必然會起疑心，屆時她絕對會更嚴密地掌控妳的行蹤。接下來是關鍵時期，我們必須更加繃緊神經才行。」

「什麼關鍵時期？」馮瑞軒不解。

「明天袁伯伯會告訴妳。」夏沛然沒打算多說，輕輕握住她的手，「明天我不能陪妳過去，但妳隨時可以打電話給我，妳什麼時候打過來，我都一定會接。」

「好。」馮瑞軒鄭重地點頭。

夏沛然冷不防湊過去吻了下她的額頭，她大吃一驚，差點從椅子上跌下來。

「你幹麼突然做這種事啊？」馮瑞軒失聲抗議，被夏沛然嘴唇印過的肌膚一陣發燙。

「誰叫妳認眞的表情那麼可愛，臉還靠我那麼近，我是個正常的男生，很難抵抗這種誘惑。」夏沛然眼中露出頑皮的笑意。

「你這個人眞是……」馮瑞軒面紅耳赤。

「瑞瑞學妹，無論明天妳從袁伯伯口中聽到什麼，都不要太沮喪。」夏沛然收起戲謔，握住她的手，正色道：「不管發生什麼事，妳都要記住我說過的那句話。我會陪妳到最後，不讓妳獨自面對。妳相信我吧？」

馮瑞軒抿緊唇角，心跳驀地爲之失速。

「我相信你。」

她回握住夏沛然的手，感受他透過手心傳遞給她的溫暖。

✦

翌日早上，譚曜磊到醫院接馮瑞軒，馮瑞軒一上車就將手機關機。

「爲什麼要關機？」譚曜磊看了她一眼。

「昨天沛然學長提醒我，未來德因奶奶可能會更嚴密掌控我的行蹤。爲了避免日後她透過手機訊號追查到袁伯伯的住處，我還是關機比較妥當。倘若德因奶奶聯繫不上我，我只要謊稱手機沒電就行了。」馮瑞軒解釋。

得知夏沛然特地準備了另一支手機給馮瑞軒，譚曜磊不得不再次佩服少年的心思縝密。

現在是大白天，爲了掩人耳目，這次譚曜磊把車停在離袁醫師居住的公寓有一小段路程的停車場，再步行前往。

一打開門，馮瑞軒看見站在袁醫師身後的王定寰，立刻上前抱住他，臉上滿是喜色。

袁醫師先對馮瑞軒和王定寰講述，康旭容先前是如何與史密斯同心協力，想要從吳德因手上救出所有的赤瞳者，以及康旭容兩次受到赤瞳者的血液感染，已昏迷不醒三年，之後才帶兩人走進康旭容所在的房間。

「……他會死嗎？」馮瑞軒注視躺在床上的康旭容良久，吶吶問道。

「他目前的身體情況很不樂觀。」袁醫師雙手分別搭在兩人的肩上，「抱歉，嚇到你們了吧？旭容千方百計進到德役擔任校醫，就是爲了尋找你們的下落，如果能親眼目睹你們安然無恙地站在這裡，他一定非常欣慰。」

馮瑞軒沒有接話，望著康旭容消瘦的面容若有所思。

回到客廳，譚曜磊注意到王定寰不時抬手揉眼睛，便問：「定寰，怎麼了？眼睛不舒服嗎？」

馮瑞軒瞧了男孩一眼：「譚叔叔，定寰應該是想睡了。」

讓王定寰回到房裡補眠後，袁醫師語氣忽然轉為嚴肅，「瑞軒，定寰現在一天大概睡多久？」

馮瑞軒想了一下，「差不多十四到十六個小時。」

譚曜磊頗為錯愕，這樣的睡眠時間未免過長了。

「所以他最長睡十六個小時？」袁醫師問。

「不，據我所知，他曾經連續睡了三天……」馮瑞軒愈想愈不安，「我跟德因奶奶提過這件事，德因奶奶說她有帶定寰去醫院檢查，沒有發現異狀，要我不必擔心……難道她是騙我的？定寰是不是生病了？」

袁醫師沒有直接回答她，繼續追問：「妳有沒有觀察過定寰在什麼時候會睡得特別久？是不是都在他大量使用異能之後？比方說……在他半夜引發火災事故、操控火焰焚燒人體的隔天？」

馮瑞軒霎時臉色一白，抿緊了雙唇。

「瑞軒，為了定寰，妳一定要誠實告訴我，否則事態將變得更難以收拾。」袁醫師勸道。

聞言，馮瑞軒像是終於下定了決心，顫抖著聲音說：「我、我想是的。」

袁醫師又問她，她的睡眠時間是否也出現類似的變化。

馮瑞軒搖頭，表示自己只有先前那次在超商異能失控後，昏睡了一天半左右，之後便再無異常。

袁醫師鬆了口氣，「很好，這表示妳身上的『反噬』還算輕微。」

「反噬？」出聲的是譚曜磊。

袁醫師解釋，「赤瞳者體內的紅病毒會不斷變異；而紅病毒的變異速度，與赤瞳者使用異能的頻率及程度成正比。長久下來，紅病毒將入侵宿主的大腦，使之逐漸喪失人性，變得凶狠殘暴，頻繁失控，導致身體無法負荷劇烈的消耗，最後走向死亡，這就是紅病毒對宿主的『反噬』。」

譚曜磊震驚無比，「所以你的意思是，定寰會那樣頻繁殺人、在動用異能之後陷入不正常昏睡，表示他體內的反噬情況已經很嚴重？」

「沒錯。」袁醫師定定地看向馮瑞軒，「從現在起，妳一定要照我的話做，否則妳和定寰都會有生命危險。」

馮瑞軒臉上最後一絲血色褪盡，她緊緊咬住下唇，沒有出聲。

袁醫師開始爲馮瑞軒說明蕭宇棠與總統之間的協議，包括之前沒告訴譚曜磊的另一部分協議內容——吳德因被逮捕後，蕭宇棠、馮瑞軒與王定寰三人，必須立刻施打一款名爲「綠苗」的藥劑。

譚曜磊忍不住開口：「那名首例體內已檢測不出紅病毒的赤瞳者，莫非就是施打了這款藥劑？」

「沒錯。在政府的要求與監督下，德國某醫院臨床試驗中心花上數年時間研發出這款藥劑，並祕密向國際刑警組織申請八名赤瞳者接受試驗。」袁醫師娓娓道來：「痊癒的赤瞳者是一名越南籍女子，她在施打藥劑後昏睡了三年，去年年底才甦醒，研究人員發現她體內的紅病毒幾乎已全數消失，這款藥劑便以女子的名字命名。雖然綠苗並非沒有後遺症，但至少讓這名女子得以存活下來，重新過著與一般人無異的生活。」

譚曜磊和馮瑞軒互望一眼，兩人心中均是大爲激盪。

「接受試、試驗的八名赤瞳者裡，只有這名女子痊癒？」馮瑞軒緊張得結結巴巴。

「是的，其餘有四名尚未甦醒、有兩名紅病毒已完全入侵腦部，施打綠苗也回天乏術，還有一名則是還不需要施打藥劑。」

「還不需要施打藥劑是什麼意思？」譚曜磊不解。

「除非是在母體分娩過程中垂直感染紅病毒，否則綠苗對尚未『發病』的赤瞳者並不會起任何作用；綠苗僅適用於已發病，且病毒反噬程度尚低的第一、二型感染者。」袁醫師耐心說明。

「那定寰還有救嗎？」馮瑞軒很著急。

「以他目前的情況，最好立刻施打綠苗。還有，爲了不使體內的紅病毒進化得更快，妳和定寰不能再使用任何異能。」袁醫師義正辭嚴道。

「不能馬上讓定寰施打綠苗嗎？」譚曜磊皺眉。

「要讓定寰馬上施打綠苗只有一個辦法，就是找出年紀最小的那名赤瞳者。」袁醫師神色黯然，「綠苗能治癒赤瞳者一事，目前仍屬最高機密，包括警政署長和吳德因都不知情。一旦吳德因察覺定寰和瑞軒都離她遠去，她很可能會利用手中最後那名赤瞳者做出更可怕的事，像是製造出第三型紅病毒感染者，屆時縱使有再多綠苗也沒用。因此總統才會設下期限，兩個月後，假使宇棠仍遍尋不著那名赤瞳者，便將下令逮捕吳德因，避免夜長夢多。」

譚曜磊心中一凜，倘若吳德因製造出第三型紅病毒感染者，將牽連更多無辜人士捲入悲慘的命運，絕對不能容許這種事發生。

袁醫師看向馮瑞軒：「妳選擇留在德役，確實能讓吳德因少些懷疑，但妳絕不能因爲心急，就在她身上使用異能，以免打草驚蛇，同時還會加速妳體內紅病毒變異的速度。明白嗎？」

馮瑞軒眼眶一紅，重重點了下頭，「袁伯伯，那四名注射藥劑卻始終未醒的赤瞳者，他們沉睡了多久？」

「四到六年不等，雖然還沒有其他實例可以證明沉睡時長與病毒反噬程度有關，但那四名受試者，病毒反噬程度確實比甦醒的這位來得高，也比她更早施打綠苗，因此並不排除有這個可能。」

「有沒有可能，他們再也醒不過來？」馮瑞軒嗓音隱含一絲顫抖，雙手緊握，屏息等待答覆。

袁醫師停頓了下，「我認爲他們甦醒的機率還是高的。」

見他並未正面回應，馮瑞軒和譚曜磊便知確實有這個可能性。

「那如果，我是說如果，拒絕施打綠苗的話，總統就會下令殺了我們嗎？」馮瑞軒輕聲問。

這次袁醫師沒有迴避，直言：「是的，總統對你們的遭遇和處境深感同情，但爲了全台灣，甚至是整個國際社會的安全，她必須這麼做。你們都是第二型感染者，即使不再使用異能，體內的紅病毒也不會全然停止變異，只是時間早晚的問題。這已是總統最大的讓步，若非國外出現赤瞳者痊癒的案例，我們連跟總統談條件的餘地都沒有。」

三人相對無言，沉默了好一段時間。

袁醫師主動開口：「譚先生，差不多該送瑞軒回台中了。還有，請你之後再來我這兒一趟。」

「好的。」譚曜磊應允。

馮瑞軒順從地起身，袁醫師又叫住她，「別擔心，只要照我說的去做，妳和定寰都不會有事。」

馮瑞軒點點頭，臨行之前，又去房間看了眼裹緊被子、蜷縮在床側的王定寰，才跟著譚曜磊離開。

✦

開車前往台中的路上，譚曜磊不時側頭留意坐在副駕駛座上的女孩。

「瑞軒，還好嗎？」他話聲很輕，像是怕驚動了她。

「我很好啊。」馮瑞軒露出開朗的笑容，「幸好已經出現第一例痊癒的赤瞳者，我們才有活命的機會。我和定寰算是非常幸運了，對不對？」

譚曜磊沒有回答，他打了方向燈，將車子停靠在路邊。

「譚叔叔？」馮瑞軒愣住了。

「瑞軒，不用逼自己強顏歡笑。」譚曜磊望著她澄澈明淨的眼睛說：「如果害怕，就說妳害怕；如果想哭，就盡情哭出來。在譚叔叔面前，妳不需要隱瞞妳眞實的心情。」

馮瑞軒臉上的笑出現了裂痕，雙眼濛上一片淚霧，哇的一聲哭了出來，她投進譚曜磊的懷裡。

譚曜磊緊緊擁住她，想爲她承接住她所有的痛苦與脆弱。

「我……好怕……」馮瑞軒全身劇烈顫抖，哭得聲嘶力竭，「譚叔叔，我好害怕……」

譚曜磊雙眼微微泛熱，如此年輕無辜的女孩，竟必須面對這般殘酷的命運，他著實感到心如刀絞。

看著馮瑞軒，就讓他想到了自己的女兒小蒔，如果可以，他願意爲這可憐的女孩承擔一切。

痛哭過一場後，馮瑞軒的情緒漸漸平復，抬手擦掉頰邊的淚水。

「譚叔叔，謝謝，我好多了。」她的聲音帶著濃厚的鼻音，「可以不要告訴沛然學長我哭了嗎？」

「好，我不會告訴他。」譚曜磊答應下來，繼續開車上路。

馮瑞軒看著窗外流逝的景色，神情若有所思，突然扭頭問他：「譚叔叔，你見過宇棠姊姊了吧？你們當初是怎麼遇上的？」

譚曜磊有點意外馮瑞軒會問這個問題，他也不隱瞞，娓娓道出與蕭宇棠相識的經過，以及最初其實是蕭宇棠指名要他過來保護她的。

「宇棠姊姊好勇敢。」馮瑞軒低頭凝視指尖，語氣聽不出情緒，「像這種時刻，我還有譚叔叔和沛然學長能依靠；過去有康旭容叔叔守護著宇棠姊姊，可是現在當宇棠姊姊感到害怕無助時，誰能是她的依靠？」

聞言，譚曜磊如遭雷擊，久久無法言語。

✦

一個小時後，車子駛入馮瑞軒家的那條巷子。

還沒下車，馮瑞軒遠遠就看見父親和奶奶站在家門口等著迎接她，她立刻收起臉上的愁容，不想讓家人察覺有異。

「我會常去看定寰，妳不用擔心。有事隨時聯絡我。」譚曜磊寬慰她。

「好，謝謝譚叔叔。」馮瑞軒說完便開門下車，在家人的簇擁下進到屋裡。

回台北的路上，譚曜磊不時想著馮瑞軒說的話。

「可是現在當宇棠姊姊感到害怕無助時，誰能是她的依靠？」

他伸手按了按眼睛，想把那股酸澀按回去。

下一秒，他忽然想起一件事，頓時臉色大變，隨即猛地加重力道踩下油門，飛快趕往袁醫師的住處。

譚曜磊三兩步爬上樓梯，心浮氣躁地連摁了好幾下門鈴，門一打開，不等對方出聲，他便搶先開口。

「宇棠身上是否已經出現了嚴重的反噬反應？」譚曜磊呼吸急促，雙眼直直盯著袁醫師，「前一段時間，我和她去碼頭倉庫救史密斯，她突然間像是變了個人，企圖對那群失去抵抗能力的綁匪趕盡殺絕。您說紅病毒入侵腦部會讓赤瞳者逐漸喪失人性，變得殘暴好殺……難道宇棠她也是這樣？而她自己也知道，才特意交代我在情況不對時朝她開槍？」

袁醫師眼中浮現沉痛之色，「之前我說過，另外還有一件事要拜託你，就是與這有關。」

袁醫師坦承，照譚曜磊的形容，蕭宇棠體內的病毒反噬程度確實已相當嚴重。

譚曜磊頓失冷靜，大聲咆哮：「那她豈不是該立刻收手？爲了在最後這兩個月內找出那名赤瞳者，宇棠一定會更頻繁地使用異能，要是不阻止她——」

「沒錯，但光憑我一個人，阻止不了那孩子。」袁醫師強忍悲慟說道，「我猜宇棠根本不打算施打綠苗，她只想親手殺了吳德因。」

譚曜磊愕然，「您是說……她打算跟吳德因同歸於盡？」

「對，不過我更擔心這段期間，變異的紅病毒會加速入侵宇棠的大腦，可能根本等不及殺了吳德因，她就會先喪命。」袁醫師眼中浮現點點淚光，「這孩子經歷太多不該由她承受的痛苦，我不忍看她走上這條路，這不該是她的命運。譚先生，求你想辦法讓那孩子改變心意。」

譚曜磊目光落向客廳窗外漆黑的夜色，沒有再說一句話。

✦

半個小時後，譚曜磊獨自走進康旭容的房間，坐在他床邊的椅子上，拿起手機撥打蕭宇棠的電話，對方卻始終未接。

放下手機，他愣怔注視著康旭容沉靜的面容，有些他藏在心裡的話，似乎只能對這個男人說。

「你一定很擔心她吧。」譚曜磊低聲開口：「即使素不相識，但我覺得自己可以明白你一直以來的心情，因爲我們心裡掛念的是同一個人，我明白她在你心裡代表著什麼意義。

「坦白說，我沒想過自己在太太和女兒過世後，還能如此心繫一個人。宇棠現在人在哪裡？在做什麼？是否平安無事？沮喪的時候會不會哭？有沒有可能下一秒就出現在我面前？這些念頭每天都在我心中翻來覆去無數次。如果你意識清醒，你應該也會跟我一樣，甚至比我更爲她懸著一顆心吧。

「從你躺在這裡的那天起，宇棠的心便跟著死了。她無法原諒吳德因，更無法原諒自己，你不惜犧牲自己也要保護的女孩，正準備走上你最不願見的道路。她不打算接受治療，決定與吳德因同歸於盡，我知道這絕不是你想看到的結果。」

譚曜磊垂下肩膀，低著頭安靜了好一會兒，才又再度開口。

「袁醫師說我和你有不少共通點，倘若宇棠能在我身上找到與你有一點相似的東西，不管那是什麼，我都願意給她。可是，終究沒有人可以完全取代你。

「康先生，如果你能聽見我說話，請你一定要記住，宇棠必須有你，且只能是你。雖然我無法替代你，但我會用我的方式繼續守護她，也請你千萬別拋棄宇棠，不要放棄任何能再見到她的笑容的機會，拜託了。」

說完這些，譚曜磊從椅子上站起，轉身步出房間，輕輕關上門。

他沒有注意到康旭容的右手小指輕微抽動了下。

第三章

從第一任養父母那裡得到「旭容」這個名字前，育幼院裡的老師和朋友都叫他「小棕」，因為他有一雙水晶般透澈的棕色眼眸。

院裡有個名叫「阿瑋」的男孩，小康旭容兩歲，和他一樣都是父母早逝，被親戚送到育幼院安置。阿瑋是混血兒，眼珠是深灰色，由於瞳色特殊，被其他院童視為異類，只有康旭容願意親近他，兩人感情很好，終日形影不離。

康旭容十二歲跟著養父母離開育幼院的那天，阿瑋哭得極慘。

縱使分隔兩地，康旭容仍經常寫信給他，直到阿瑋一年後也被收養，兩人才斷了音訊。

養父母察覺康旭容學習能力過人，很願意花心思與金錢栽培他，然而好景不長，養父的公司在兩年後破產倒閉，養父母無力繼續養育他，便由康姓夫婦接手收養，帶著他移民美國。

在第二任收養家庭生活的那段日子，對康旭容來說如同煉獄。

他的天資聰穎惹來養兄弟的嫉妒，在家被欺負，在學校也受同學歧視，他咬牙忍耐，專心於課業上。儘管情況並未隨著時間過去好轉，養父母因嗜酒成性而酒精中毒，養兄弟也成了毒蟲，然而他並未自甘墮落，從高中便半工半讀，大學畢業後順利申請上醫學院，憑藉自身努力展開全新的人生。

他在醫學院表現出色，深得一位袁教授的賞識，並成為忘年之交，即便後來袁教授不再從事教職，返回醫師本業，兩人依然時常保持聯繫。

二十七歲那年，某天康旭容走進咖啡館裡想買杯咖啡，忽然被一名男子叫住，對方的眼珠是深灰色的。男子以中文客氣詢問他是否來自台灣，以及是否曾在某間育幼院待過？

康旭容陡地瞪大眼睛，有些遲疑地開口：「你是阿瑋？」

男子笑著點頭。

意外重逢，兩個男人俱是激動不已，坐在咖啡館裡聊起彼此別後的生活。男子說自己當年被一戶富裕人家收養，現在名叫「傅煒」，家人待他很好，康旭容由衷為他感到高興。

「你也住在美國嗎？」康旭容問他。

「不，我和我媽住在台灣，我是來美國辦事的。」

「工作上的事？」

「嗯……算吧。」傅煒語氣略微不自然，話鋒一轉，「棕哥以前就說過長大想當醫生，沒想到你眞的當上醫生了，眞了不起。」

「這有什麼好了不起的，你居然還記得這件事。」康旭容憶起兒時與傅煒在育幼院共度的那段歲月，心中頗感溫馨。

「你從小就很聰明，院裡大家的功課都是你教的，好像沒有什麼能難倒你，我哥也是這樣。」傅煒語帶佩服。

「你有哥哥啊？」康旭容喝了一口咖啡，隨口問道。

「我哥大我十歲，他叫傅昕。」傅煒神色微微一黯，「他在兩年前過世了。」

「是出了什麼意外嗎？」康旭容很驚訝。傅煒今年二十五歲，傅昕大他十歲，去世時也不過三十三歲，才正當盛年。

「不是，他……是因病過世。」傅煒眼中閃過一絲心虛。

「對不起，勾起你的傷心事。」康旭容歉然道。

「沒事，別放在心上。」傅煒笑了笑。

兩人聊到咖啡館打烊仍覺意猶未盡，傅煒預計後天搭機返台，於是康旭容提議隔天帶他去自己的母校走走。

「棕哥，你有女朋友嗎？」漫步在樹木蓊鬱的校園裡，傅煒笑咪咪地搭著康旭容的肩膀問。

「沒有，成爲住院醫師後，每天都忙得昏天暗地，根本沒時間交女朋友，也沒那個心思。你呢？」

「我有個交往四年的女友，有機會介紹給你認識。」傅煒秀出手機裡與女友的合照，是個笑容陽光的可愛女生。

那天傅煒對康旭容提起了更多家裡的事，像是他的養父母皆出身望族，也有很高的社會地位，只是養父在他被收養前便已過世，養母目前在一間頂級貴族私校擔任副校長，

傅煒返台後，持續與康旭容保持聯繫。

每次跟傅煒視訊通話時，康旭容隱隱感覺到，傅煒似乎藏有心事。

傅煒常會突然在鏡頭前欲言又止，最後卻還是把話嚥回肚裡。一次他忍不住主動出言相詢，傅煒卻支吾其詞，遮掩帶過。

事後回想起來，傅煒當時的態度，像是渴望告訴他什麼事，卻又猶豫不決。

半年後，傅煒再次前來美國，康旭容簡直快認不出這名眼窩凹陷、形容枯槁的男子就是傅煒。兩個月前他與傅煒視訊通話時，傅煒看起來還神采奕奕，爲何他會在短時間內有如此巨大的變化？

不顧身處醫院大廳，傅煒跌跌撞撞地衝到康旭容跟前跪下，雙手死命抓著康旭容的白袍衣襬，大聲哭喊：「棕哥，幫幫我，求你幫幫我！」

把傅煒帶到休息室後，康旭容聽到了這輩子最令他難以置信的事。

傅煒告訴他，他的哥哥傅昕，十年前與未婚妻隨旅行團前往非洲觀光，整段旅途相當愉快，回國後也與幾名定居海外的團員及導遊在通訊軟體上共同建立了一個群組，三不五時會閒聊幾句，分享彼此在生活中的遭遇。其中一對來自巴西的年輕新婚夫妻，妻子在誕下雙胞胎三個月後猝死，丈夫也在一年半後突然去世。

除了這對夫妻，短短兩年內，另有三位同行團員不明原因暴斃，這種不尋常的巧合，讓傅昕與已經結婚且懷有身孕的妻子感到惴惴不安，特地前往醫院做了精細的全身健康檢查，確認身體沒有異常，兩人才稍微放下心。

直到兩人的兒子——傅臻出生以後，夫妻倆終於能肯定，事情眞的很不對勁。

傅昕曾聽巴西夫妻提起過，那對雙胞胎出生時大聲啼哭，全身皮膚表層血管浮起，而且他們的眼珠竟然是紅色的，看上去很是嚇人。幸好這樣的異狀只維持了半個小時，待停止啼哭後，兩名嬰兒的瞳色都轉爲黑色，血管也不再浮起在皮膚上。

之後那對雙胞胎除了在體溫偏高時，眼珠會變成紅色外，並無其他異狀，身體數值也都十分正常，因此儘管醫師對此現象感到不解，也只能作罷。

巴西夫妻先後過世後，傅昕曾試著打聽那對雙胞胎的下落，卻始終未果。

而傅臻誕生時，身上竟也出現了同樣的異狀。

傅昕和妻子當時便有預感，此事若流傳出去，他們可能會失去孩子。傅昕向母親吳德因求援，吳德因便動用關係，聯合醫院對外宣稱兒媳意外流產，湮滅所有能夠證明傅臻存在的證據。

被隱密撫養長大的傅臻，體質明顯異於常人，像是五感格外敏銳、受傷很快能痊癒等等。傅臻長到兩歲時，便能憑空操控物品，到了三歲已能嫻熟地使用這項異能。

這段期間，又有旅行團成員猝逝的消息陸續傳來。

傅昕深信這絕非巧合，他開始著手調查那些團員接連猝逝的原因，卻始終得不出答案。

某天傅昕外出拜訪一位醫師友人，在對方面前毫無預警倒下，搶救無果，從此再也沒有醒來，那年傅臻六歲。

傅煒強忍著失去哥哥的悲痛，接手傅昕未竟的調查，發現該旅行團成員竟有半數以上已經過世，而其中有三名在猝逝後，家屬忍痛同意將他們身上的器官捐贈出去，遺愛世間。

也說不出什麼原因，這點令傅煒莫名在意，他花費不少功夫，好不容易找出且聯繫上一名接受猝死團員器官移植的病患家屬，得知該名病患在術後幾個月，眼珠也在某些時刻忽然變紅，且擁有了憑空操控物品的異能。傅煒內心升起不祥的預感，不敢告訴嫂嫂，只將此事說給母親知道。

康旭容聽到這裡，呆愣看著傅煒良久，眼神從震驚轉爲深切的擔憂。

「阿瑋，你是怎麼了？你知道自己在說什麼嗎？怎麼可能會有這種事？」

「我知道你很難相信，但這些都是眞的！」傅煒臉上爬滿淚水，嗓音沙啞，「我哥過世一年後，我嫂嫂也在睡夢中猝死。雖然沒有證據，但我能肯定問題一定出在那年的非洲之旅上，我懷疑那一整團團員都感染了某種神祕病毒。半年前我來美國，就是與一名年輕人見面，他爸媽當年也參加了那趟旅程，然後也在最近相繼猝死。包括我哥和我嫂嫂在內，旅行團十八名成員，以及導遊，在這十年間全都死了。我幾次想過要跟你商量，聽聽身爲醫生的你對此有何看法，卻又臨陣退縮。」

康旭容驚愕地看著狀若癲狂的傅煒，一時忘了要回話。

傅煒繼續說出驚人之語：「我侄子他……上週出了車禍，被醫師判定腦死，我匆忙從國外趕回去，卻發現我媽瞞著我串通醫院，將傅臻身上的器官，非法移植到六名病童身上。」

傅煒哭得更凶，語氣充滿懊悔與驚慌，「這都是我的錯，要是當初我沒告訴我媽那件事，她也不會這麼做。不管我怎麼懇求，我媽都不肯透露那些孩子的身分。我親眼見識過，傅臻身上的異能非常危險，倘若那六名孩子全都變得跟他一樣，後果將不堪設想。我眞的不曉得該怎麼辦了，棕哥，求你幫幫我！」

傅煒的情緒顯然陷入歇斯底里，所言又超乎常理，康旭容研判傅煒應該是承受不住親人相繼離世的悲傷，導致產生妄想。

康旭容握緊傅煒的手，冷靜地對他說：「阿瑋，摯愛的親人相繼離世，對你打擊一定很大。我介紹認識的身心科醫師給你好嗎？你留在我這裡住一陣子，先別胡思亂想……」

傅煒打斷他的話，大聲嚷嚷道：「我沒胡思亂想，更沒發瘋，眞正悲傷過度而失去理智的人是我媽！她犯下了無可饒恕的罪！棕哥，求求你相信我，無論如何都必須找到那六個孩子，不能讓我媽一錯再錯！」

說到最後，傅煒因心神俱疲、體力不支而昏厥過去，康旭容連忙請其他醫護人員幫忙，將他抬到病床上躺著休息。幾個小時後，傅煒卻逕自離去，康旭容打了十幾通電話都聯繫不上他。

過了兩天，康旭容從傅煒的女友口中得知，傅煒已經平安返回台灣，才稍微放下心來；接著康旭容又與她聊了幾句，發覺對方對傅煒那日的所言內容一無所知，也從沒聽說過傅煒有個侄子。

這讓康旭容更加確信，一切只是傅煒的妄想。

康旭容多次聯絡傅煒，傅煒卻不接電話，訊息也已讀不回，康旭容以爲傅煒是氣自己不相信他，便想等傅煒氣消了再說。同時他也提醒傅煒的女友，協助留意傅煒的妄想情況是否有加劇的傾向，一旦察覺不對，務必力勸傅煒盡快就醫。

兩個月後的某個夜晚，市中心一間電影院驚傳爆炸起火，十多名傷患被送到康旭容任職的醫院，血跡斑斑的急診室裡充斥著淒厲的哭叫聲，猶如人間煉獄。

這起超過五十人死亡、上百人受傷的慘劇，迅速登上國際媒體，警方暫時不排除此爲恐怖攻擊的可能。

連續四十八小時不眠不休搶救傷患，康旭容到家時已筋疲力盡，昏睡過去前，他不經意瞥了眼手機，發現傅煒打過電話給他，但他眼皮無比沉重，下一秒就失去意識，陷入睡鄉。

不知道睡了多久，他被手機接連不斷的震動聲吵醒，是傅煒的女友打電話過來。

一聽到對方哭著說傅煒死了，彷彿有一桶冰水從他頭頂澆下，康旭容頓時睡意全無，全身發冷。

傅煒在女友家頂樓上吊輕生，在遺書裡叮囑女友，別對吳德因提及他與康旭容認識，同時他也寫了一封信給康旭容。

掛上電話後，康旭容踉踉蹌蹌衝到電腦桌前，用顫抖的手指點開信箱。

傅煒寫的那封信很長，他說在過去這兩個月裡，他雇用駭客攔截他母親的電子郵件，終於找出其中三名接受傅臻身上器官移植的病童，而引發這起電影院爆炸案的罪魁禍首，就是那三名病童之一，十五歲的少年游翰申。

一看到新聞上的死亡名單有游翰申的名字，傅煒就知道自己最害怕的事眞的發生了。

傅煒將手邊調查到的資料全數整理好寄給康旭容，懇求康旭容從他母親手中救出其他五名孩子。他在信的最後寫著，五十多條人命太過沉重，他無力負荷，只能選擇走上絕路。

傅煒信中夾帶有四個影片檔，康旭容首先點開那個名爲「傅臻誕生日」的檔案。

畫面裡出現一個渾身是血的嬰孩，在手術室裡大聲啼哭，身旁的醫護人員不斷發出驚呼。嬰兒皮膚下的血管密密麻麻浮起，甚至像是在「蠕動」著，嬰兒的眼珠則是紅色的，與傅煒所言完全相符。

第二部影片裡的主角是名約莫三、四歲的漂亮男孩，他雙手捧著一顆水晶球，眼珠同樣是血紅色。

者。

「臻臻，告訴叔叔，你又闖什麼禍了？」

傅煒含著笑意的聲音從影片中傳出，卻不見他的人影，顯然他是這部影片的拍攝者。

鏡頭隨著男孩的腳步進到一間臥室，地上出現一攤玻璃碎片，以及四分五裂的樂高積木海盜船。

「哇，你把你爸爸的瓶中船弄破了。不是告訴過你，爸爸的書房有很多玻璃做的東西，不可以在這裡玩讓東西飛起來的遊戲。爲什麼不聽話？」傅煒訓斥男孩。

「我想把水晶球從櫃子上拿下來，不小心撞到旁邊的海盜船了。叔叔，你不要告訴爸爸。」男孩被責罵後心慌意亂，眼眶含著一泡眼淚，對著鏡頭哀求，影片到這裡結束。

康旭容馬上點開第三部影片，這次影片裡的男孩長大了一些，一雙大眼睛黑白分明，與正常人無異。有個男人背對著男孩，坐在不遠處的沙發上。

「開始嘍。」傅煒將裝滿亮片的紙盒交給男孩，悄聲對他說。

男孩的眼瞳在鏡頭前瞬間轉爲血紅，紙盒慢慢飄離他的掌心，飛到那個男人的頭頂上方，下一秒，紙盒像是被一雙無形的手翻轉過來，數不清的亮片灑落在男人的身上。男人嚇了一跳，回頭看見他們，立刻對掌鏡的人笑罵：「傅煒，又使喚你侄子捉弄你哥！」

最後一部影片的主角不再是那個男孩，而是一段監視器拍下的黑白影像。

一名渾身是血的年輕女子跌跌撞撞走在街道上，畫面不斷晃動，路上的街燈在疾速閃爍後接連爆破起火。

從傅煒一併提供的新聞報導得知，這名年輕女子住在日本橫濱，生前接受過其他非洲旅行團成員的器官捐贈，身上同樣懷有異能，她所引發的這場爆炸事故，造成三死十二傷的慘劇。

傅煒宣稱，傅臻同樣也擁有這樣駭人的力量。

看完所有影片之後，康旭容只覺頭昏腦脹，一時難以思考。

除了游翰申，傅煒找到另外兩名接受傅臻身上器官移植的病童，分別是十七歲的伍詩芸，和十一歲的蕭宇棠，恰巧伍詩芸在這個月來到美國求學。至於剩餘三名病童則尚無下落，傅煒僅知年紀最小的那名病童接受器官移植手術時才一歲。

在半信半疑下，康旭容按照傅煒給的資訊，成功與同樣身在美國的伍詩芸聯絡上，隔天便搭機前去和對方見面。

聽到臉上布滿雀斑的少女，親口證實自己在兩個月前於台灣接受腎臟移植手術時，康旭容不自覺手腳發涼，同時為此感到震驚，做過腎臟移植手術的患者照理說需要三到六個月的恢復期，伍詩芸卻能在這麼短的時間內復原如常，甚至可以出國讀書。

「妳知道是誰捐腎臟給妳的嗎？」儘管康旭容嘴上問出這個問題，但他心裡明白，伍詩芸不可能知道，依照法條，器官受贈者不會得知捐贈者的相關資訊。

「不知道耶，醫院說不方便對外透露。怎麼了嗎？」伍詩芸眼中浮現納悶。

「沒什麼。妳怎麼會想要來美國？術後不是該留在台灣多休養一陣子嗎？」康旭容硬生生切換話題。

「我男友在美國念書，吳奶奶知道我很想跟他待在一起，就跟醫生商量是否可行。做過一連串檢查之後，醫生說我術後的復原狀況非常良好，長途飛行應該沒問題，不過爲了安全起見，吳奶奶要我每個月返台一次進行檢查，她會幫我出機票錢。」提及男友，伍詩芸臉上又是靦腆又是喜悅。

「吳奶奶？」

「就是傅煒哥哥的母親。手術成功後，我爸帶她來病房看我，說她是爺爺的朋友。吳奶奶很照顧我，把我當作她的親孫女一樣。」伍詩芸找出手機上兩人的合照，不無驕傲地說：「吳奶奶很厲害，她是德役完全中學的副校長，德役可說是台灣最頂尖的私立學校。」

康旭容冷不防倒抽口氣，伍詩芸這番話再一次證明傅煒先前所言並非虛假。

傅煒在自殺之前，事先告知伍詩芸，康旭容是他私下請來爲她定期進行術後追蹤的醫師，因此當康旭容詢問她最近身體狀況如何，是否出現任何異狀時，伍詩芸沒有起疑，坦言自己恢復得不錯，並沒有哪裡不舒服。

「如果眞要說有什麼奇怪的地方，大概只有我在術後好幾次夢見嬰兒啼哭吧。」伍詩芸打趣道。

「妳在術後好幾次夢見嬰兒啼哭？」康旭容微微蹙眉，不確定這是不是一條有用的線索，隨口問：「妳有想過可能是什麼原因嗎？」

「可能是我最近忙著準備留學，到了美國之後，也還沒適應國外生活，心理壓力過大才會這樣吧。」伍詩芸聳聳肩，不以爲意答道。

瞥見伍詩芸放在桌上的電腦包，康旭容忽然生出一個古怪的念頭，開口向她借用筆電。

他故意不讓伍詩芸看見螢幕，在登入自己的電子郵箱後，點開那段傅臻出生時錄下的影片播放。

「妳在夢裡聽到的是像這樣的啼哭聲嗎？」

伍詩芸先是怔住，表情怪異，隨即無比肯定地說：「我聽到的就是這個哭聲沒錯！」

「嬰兒的哭聲聽起來應該都差不多，妳怎麼能肯定妳在夢裡聽見的就是這個哭聲？」康旭容追問。

伍詩芸神情茫然，喃喃道：「我、我也不知道，但我就是有這種感覺，我在夢裡聽到的嬰兒哭聲，和影片裡的嬰兒哭聲，是同一個人發出來的……」

果然是這樣嗎？雖然不理解爲何伍詩芸會在接受傅臻身上的器官移植手術後，數次在夢中聽見傅臻嬰兒時期的啼哭聲，但康旭容已經學會不再只以「是否有違常理」來評斷事情的眞僞。

在康旭容離開之前，伍詩芸提出了一個疑問，既然吳德因已經要求她每個月返台進行身體檢查，爲何傅煒還要特意安排康旭容作爲她的私人醫生，而且傅煒還囑咐她不能讓吳德因知情。

康旭容不知該怎麼解釋，只得勉強編個說法搪塞過去，並要伍詩芸承諾，一旦身體出現任何異狀，就得馬上聯絡他。

見過伍詩芸後，康旭容想盡辦法找到電影院爆炸事故中的一名倖存者。

這名少年年紀與游翰申差不多，半身三度燒傷，一條腿被炸斷，傷勢嚴重，幸好性命已無大礙，目前仍持續住院治療。

他告訴康旭容，當天晚上在電影院看電影時，一名坐在他座位附近的亞洲男生不斷發出呻吟，很多人都注意到了。緊接著整座影廳突然開始天搖地動，大螢幕上的畫面斷續閃爍，眾人以爲是地震，馬上群起往逃生門逃竄，不久影廳就轟的一聲爆炸起火。

少年一邊回憶一邊表示，當時兵荒馬亂，他在跟著人群奔逃出去時，無意間與那名亞洲男生四目相接，對方的眼睛看上去竟像是紅色的。不過他又覺得或許是自己過於驚慌，一時看錯了吧。

康旭容強自按捺住心中的驚疑不定，在手機上找出游翰申的照片，問少年照片中人是否就是那名亞洲男生，少年沒有思考太久，肯定地點頭。

康旭容不敢相信這種如同天方夜譚般的情節，竟然全部是眞的。

但這一切的起因究竟是什麼？莫非眞如傅煒所猜測，是某種前所未聞的駭人病毒所致？

而傅煒的母親吳德因更透過器官移植手術，蓄意讓六名孩童染上這種病毒？

大批民眾在慘事發生後來到電影院門口獻上鮮花，悼念罹難者。

康旭容也帶著花束來到現場，這是傅煒在遺書裡託付給他的其中一件事。

將署名「游翰申」的卡片連同鮮花放在地上，康旭容不禁掩面流淚，腦海裡盡是最後一次見到傅煒時，他那充滿無助與絕望的眼神。

康旭容爲傅煒的死心痛萬分，更爲自己沒有選擇相信傅煒而悔恨不已。失魂落魄地走到一條街外，康旭容明白僅靠一己之力，無法完成傅煒的請託，也顧不得四周人來人往，便立即撥電話給袁教授，顫抖著嗓音告訴他這起爆炸事故背後大致的來龍去脈，並約好明天見面詳談。

才剛結束通話，一名身形高大魁梧的陌生男子突然擋住康旭容的去路，用力將他拽至鄰近的防火巷中。這名男子有張線條剛硬的東方面孔，還有一雙彷彿能看穿人心的銳利眼眸。

「把你剛才在電話裡說的那些，從頭到尾解釋清楚。」男子冷冷盯著康旭容，一字一頓咬牙說道。

這名美裔韓國人名叫史密斯，爲現役美國軍官，他的妻兒同爲這起爆炸案的罹難者。今日史密斯前來弔念妻兒，無意間在與康旭容擦肩而過時，聽見康旭容對著話筒提及爆炸案另有內幕，於是便緊跟在康旭容身後，聽見了所有的對話內容。

隔日，康旭容帶著史密斯一同與袁教授會面，兩人在知曉眞相後，都選擇助康旭容一臂之力。

袁教授暗中聯繫數名美國醫界組織的病理學家，針對這種不知名病毒展開研究，也透過康旭容的安排與伍詩芸見上一面。得知害死妻兒的罪魁禍首就在台灣，以及尙有三名像游翰申及伍詩芸這樣的孩子下落不明，史密斯決定辭掉現職，遠赴台灣。

史密斯研判身爲德役完全中學副校長的吳德因，極有可能安排十一歲的蕭宇棠進入德役就讀，好就近照看，因此他透過關係，成功進入德役任教，做好嚴陣以待的準備。康旭容則繼續留在美國看顧伍詩芸。

十個月後，伍詩芸再次夢見了傅臻，這次她夢見的是八歲的傅臻。伍詩芸很肯定自己從未見過這名男孩，卻在夢中見到他的那一刻，湧現出懷念又悲傷的強烈情緒，不由自主落下淚來。

伍詩芸來到美國之後的求學生活並不順遂，她始終難以融入群體，且遭受同學霸凌，課業表現也不理想，時常鬱鬱寡歡。

某次與康旭容視訊通話，她坦言自從夢見傅臻後，便一直處於發燒的狀態，但她並未感到不適，每天晚上躺在床上毫無睡意，睜眼直至天明，精神卻愈來愈好；更奇怪的是，有一次她不小心跌倒，破皮流血的膝蓋居然不到一個小時就結痂痊癒。

身體上的異常，令伍詩芸備感驚慌，多次向康旭容哭訴。康旭容不忍她繼續活在恐懼裡，便對她謊稱，這是做完器官移植手術的後遺症。

「我身上這些怪事，是器官移植手術造成的？」伍詩芸表情茫然。

「有這種可能，我見過其他更千奇百怪的案例，那些人最後全都恢復正常了，妳不需要太擔心。」

當時伍詩芸猶如在大海中抓住一根浮木，聽了康旭容這般不合理的謊言，竟深信不疑，不僅安下心來，體溫也神奇地降了下來，當天晚上更睡了一場好覺。

然而問題並未就此解決，同樣的事反覆發生，伍詩芸不斷夢見傅臻，而她的身體也總在夢見傅臻後出現異常。她開始認定自己似乎正在轉化爲某種怪物，精神狀況愈來愈不穩定。

那一天，伍詩芸撥了最後一通視訊電話給康旭容，螢幕裡的她渾身是血，眼瞳也變成血一樣的紅色，她哭著說自己殺了那些欺負她的同學，說她後悔接受腎臟移植手術，隨後舉槍自盡。

目睹伍詩芸慘烈的死亡，康旭容悲痛萬分，痛恨自己的無能爲力。

上次他沒能拯救傅煒，這次他也沒能拯救伍詩芸。

這時史密斯傳來訊息，表示蕭宇棠果眞在吳德因的蓄意安排下，來到德役就讀。

於是康旭容毅然決然放下美國優渥穩定的工作，跟隨史密斯的腳步去到台灣，進入德役任職校醫。

吳德因初次帶著蕭宇棠與他碰面時，康旭容一見到女孩美麗的眼眸，便在心中立誓：這一次，他絕不讓蕭宇棠死去。

袁醫師祕密透過美國醫界高層友人得知，這一切果然如同傅煒所猜測，是由名爲「紅病毒」的駭人病毒所致。

紅病毒源自非洲，入侵人體後會不斷轉化與變種，透過母子垂直感染及器官移植轉移到第一型感染者身上繼續生存，並使新宿主出現各種不可思議的異能，這些身負異能的宿主被稱之爲「赤瞳者」。近年來國際間陸續發生一連串赤瞳者造成的重大傷亡事故，引起各國政府的重視。

警方循線查出吳德因的長子與長媳皆爲紅病毒帶原者，卻不知她還有個身爲第一型感染者的孫子傅臻，以及她蓄意安排六名病童接受傅臻的器官移植，直到吳德因多年後向警方舉報，蕭宇棠身負危險的異能，國際刑警組織才將吳德因列入嫌疑對象，暗中對她展開調查。

這段期間，康旭容除了在吳德因的指示下照看蕭宇棠，也致力於取得吳德因的信任，企圖從她口中打探出另外三名赤瞳者的下落。

康旭容旁觀吳德因逐步離間蕭宇棠與家人的感情，而蕭宇棠強忍傷痛，將心思全放在武術訓練上，不輕易流露出脆弱的一面，康旭容不僅心疼她，更多時候則是被她的堅韌所打動。

看著小小年紀卻始終努力不懈，不對命運屈服的蕭宇棠，康旭容彷彿能從她身上得到堅持下去的力量。

在蕭宇棠十五歲那年，她被發現昏倒在校內，容貌變成已死去的宋曉芩的模樣，康旭容和史密斯立刻明白她體內的異能已經覺醒。

蕭宇棠昏迷了一個月才醒來，她失去了部分記憶，並開始高燒不斷，體溫最高曾飆至四十二度，整個人像是被架在火爐上烘烤，痛苦不堪。

康旭容深知倘若放任蕭宇棠持續處於這樣的狀態，她遲早會承受不了，走上跟伍詩芸同樣的道路。

有一天晚上，蕭宇棠再次因高燒臥床，難受得在床上打滾，她猛一抬手，不小心將擺放在床頭的玻璃杯推落在地，她的手也被飛濺的玻璃碎片劃破。

康旭容連忙爲蕭宇棠處理傷口，右手食指指尖不小心沾染上女孩的血漬，而他在撿拾杯子玻璃碎片時，也被割傷了同一處，他下意識舔了一下指尖，舌頭立即感受到一股灼熱的刺痛，而後失去了知覺。

此時躺在床上的蕭宇棠呢喃著想要喝水，康旭容不及細思，馬上倒了杯水過去，想要餵她喝下，但女孩始終雙眼緊閉，昏昏沉沉，無法自行飲水。康旭容見蕭宇棠滿身大汗，嘴唇乾澀脫皮，顯然已是渴極，情急之下，最後他含了一大口水，俯身以嘴餵她。

約莫十分鐘後，康旭容爲蕭宇棠測量體溫，赫然發現她的體溫竟下降了一度。只是他的舌頭仍處於麻痺狀態，他後知後覺意識到，方才自己的指尖傷處似乎混合了蕭宇棠的血，而他舔了指尖一下，舌頭就麻了，然後他用嘴餵蕭宇棠喝水，蕭宇棠就出現了退燒的跡象……

思索片刻，康旭容心中萌生出一個猜測。

望著躺在床上深受異能所苦的蕭宇棠，他決定拿自己進行一項危險的實驗。他從蕭宇棠手臂上抽出一管血液，再透過點滴注入自己的體內。

那是無法用言語形容的可怕感受，整副身軀像被烈焰吞噬，他甚至可以清楚感覺到皮膚一路焚燒至骨頭的滋味。

疼痛稍退後，康旭容將自己的血液滴入水中給蕭宇棠飲用，很快她的體溫便恢復正常，緊皺的眉頭逐漸鬆開，嘴裡也不再發出難受的呻吟。

筋疲力盡的蕭宇棠，在半夢半醒間斷斷續續哭泣，呢喃著心中的委屈。

康旭容將她攬入懷中，貼在她耳邊說：「妳沒有被拋棄，我在妳身邊，今後不管發生什麼事，我都會守著妳，不要怕。」

等到蕭宇棠沉沉睡去，康旭容凝視著她蒼白的面容，情不自禁將唇貼在她冰涼的額上，淚眼模糊地低喃：「宇棠，謝謝妳撐過來了。謝謝妳。」

有效平定蕭宇棠體內失控的異能，令吳德因對康旭容另眼相看。吳德因問他是如何做到的，康旭容表示他自行研發了一款藥物，嘗試讓蕭宇棠服用，竟意外奏效。

聞言，吳德因馬上開口向他索取藥物。

「目前那款藥物還在試驗階段，我會再觀察宇棠服藥後的反應，微幅調整配方，可能還需要一段時間才能定案。」康旭容找了個冠冕堂皇的理由推拒。

「這樣啊。」吳德因沉吟道：「我身邊也有其他人出現和宇棠類似的情況，想讓他也試試。」

「好的，等配方定案後，我會交給您一批製好的藥。」

見康旭容爽快答應，且無意針對她的言下之意多問，吳德因看向他的眼神似有深意，「康醫生是個特別的人，面對任何事都能處變不驚。即使目睹宇棠身上的異狀，你也毫不訝異。」

康旭容迎上她的目光，淡淡地回：「可能是因爲，比這更可怕、更讓人難以置信的事，我都親眼見過了。」

經過一段時間，康旭容總算成功突破吳德因的心防，讓她鬆口透露，她打算讓一名八歲的小男孩服用這款藥物。康旭容推測，這名小男孩很可能也是已經覺醒的赤瞳者。

袁教授得知消息後非常震驚，訓斥康旭容太過衝動。

「我知道這麼做很危險，但我不後悔，也已經無法回頭。」康旭容告訴他，「哪怕機會渺茫，我都希望宇棠活下去，以一個普通人的身分平凡地活下去。只要機率不是零，我就不會放棄一絲希望。」

成爲吳德因心腹的那段日子，康旭容看得出吳德因是眞心疼愛蕭宇棠，但那是因爲傅臻的一部分永遠留在了蕭宇棠的身上，而這也讓蕭宇棠身上出現和傅臻同樣的共同點——身負異能。

失去傅臻的傷痛過於巨大，吳德因難以承受，便妄想透過這種荒謬至極的方式，讓傅臻以另一種形式留在自己身邊。

吳德因有多深愛傅臻，就能有多殘忍。

即便已然覺醒，失去部分記憶的蕭宇棠，身上的異能也像是被「封印」了一部分。有時史密斯會故意在武術課上讓蕭宇棠受點皮肉傷，從她傷口復原的速度及體能狀態，確認她「復甦」的程度。

曾經康旭容寧可蕭宇棠就這麼失卻那段記憶，過著相對單純的生活，然而這終究只能是奢望。

姜萬倩的出現、蘇盈的心計，讓蕭宇棠日漸靠近那段失去的記憶，並且和伍詩芸一樣，開始不時夢見傅臻，而她身上的異能也不斷顯現。

當蕭宇棠掌握窺伺他人記憶的異能時，史密斯就警告康旭容，要他盡快帶蕭宇棠離開德役。康旭容也知道，若再不行動，蕭宇棠遲早會恢復記憶，屆時她不僅會拼湊出不堪的眞相，異能也很可能完全復甦。

康旭容卻始終按兵不動，因爲他還沒找到年紀最小的那名赤瞳者。

幾次幫吳德因掩蓋犯罪證據，加上妥善看顧蕭宇棠，康旭容漸漸取得了吳德因的信任，吳德因終於告訴他馮瑞軒及王定寰的存在。

「除了他們三個，還有別人嗎？」

「爲什麼這麼問？」吳德因微微挑眉，抬頭盯著康旭容。

「有點好奇。」

「眞稀奇，我還以爲康醫生這種人不會有好奇的事。」吳德因不動聲色道，「你這句話聽起來，像是希望還有其他赤瞳者。」

「我是這麼希望沒錯。」康旭容面不改色接話。

「爲什麼？」

「可能我對不同於一般人的孩子情有獨鍾。」

吳德因笑了起來，似是對這個答案感到滿意，「原來如此，難怪你會這般用心地對待宇棠了。不如這樣吧，康醫生，我們來做個交易，你告訴我那款退燒藥是怎麼製造出來的，我回答你還有沒有其他赤瞳者。如何？」

在認知到吳德因有多殘酷後，康旭容自然清楚，一旦吳德因掌握退燒藥的製作方法，哪天他離開了，吳德因將會毫不猶豫把赤瞳者的血液注射至其他人體內，以製造出藥物。

或者等到查探出最後一名赤瞳者的下落，他就偷偷帶著蕭宇棠離開德役，並要史密斯趕在吳德因發現前救出馮瑞軒、王定寰和最後那名赤瞳者，這麼一來，縱使吳德因掌握退燒藥的製作方法，也已失去意義。

但要一次帶走四名身負異能的孩子絕非易事，需得從長計議，於是康旭容回答吳德因，說自己會再考慮看看，反正藥物的配方也還沒完全定案。

然而計畫趕不上變化，蕭宇棠身上的異能無預警覺醒大半，導致姜萬倩的住處發生爆炸，姜萬倩也因此身亡，且禍及其他鄰居。

「多虧你及時阻止宇棠的異能失控，她才沒有大礙。」吳德因看著陷入昏睡的蕭宇棠，向康旭容道謝，對於那些在事故中死去的無辜人士毫不在意。「康醫生習慣隨身攜帶退燒藥？」

康旭容搖頭。

「那你是怎麼讓宇棠的異能平定下來的？」

「我讓宇棠喝了我的血液。」康旭容坦言。

「喝了你的血液？」吳德因眼中流露出意外。

吳德因言而有信，康旭容告訴她退燒藥的祕密，她也告知康旭容確實還有最後一名赤瞳者的存在，以及她把那名赤瞳者藏在何處。

歷經無數波折，蕭宇棠最終仍舊找回了失去的記憶，異能也全然覺醒，並且終於看清了吳德因的眞面目，答應在去離島探視家人後，與康旭容一同離開德役。

等待蕭宇棠從離島返回的那日上午，康旭容家裡突然闖入一群彪形大漢，他被壓制在地上，再次嘗到了那種被烈火焚身的痛苦。

失去意識前，他腦中浮現出蕭宇棠的面容。

他承諾過不會拋下她，會守護她到最後。

她悲慘的際遇讓他心痛，她的勇敢堅強卻也讓他引以爲傲。

他不想再看見她傷心流淚。

要是能夠親眼目睹蕭宇棠露出發自內心的笑容，即使現在就要他離開這個世界，他也覺得很值得。

他希望她能重新獲得自由，那將永遠會是他的幸福。

第四章

譚曜磊問袁醫師，是否知道蕭宇棠的家人如今身在何處。

「我不知道，宇棠只跟我提過一次她家人的事。怎麼了嗎？」

「沒什麼。」譚曜磊決定先將計畫放在心裡。

李哲說過，蕭宇棠的家人三年前搬回台灣本島後就被政府監控，若此事屬實，就算找出他們的下落，譚曜磊恐怕也無法輕易與他們見上一面。

畢竟羅署長清楚他幫助過蕭宇棠，一旦發現他蓄意接近蕭宇棠的家人，警方必然會疑心是否蕭宇棠依然在世，以及他是否已與蕭宇棠再度取得聯繫，並將此事通報吳德因，造成打草驚蛇。

儘管如此，譚曜磊仍從袁醫師口中打聽到蕭宇棠有個小她三歲、名叫蕭仕齊的弟弟，算算年紀，目前蕭仕齊應該正就讀高中。

譚曜磊透過網路搜尋全台所有名叫蕭仕齊的高中生，卻沒能找出可能的人選，正猶豫著是不是該與夏沛然聯繫，問他是否有其他線索時，過去背叛過譚曜磊的李哲主動找上門來。

「隊長，能不能跟你談一談？」李哲站在門口，滿臉愧色，頭壓得低低的，像個犯了錯不知所措的孩子。

「我與你無話可說，你走吧。」譚曜磊直接下逐客令。

「隊長，是我做錯了，我不該辜負你的信任，你能不能給我彌補的機會？我有非常重要的話要跟你說！」

譚曜磊沒有打算原諒對方，只是見李哲堅持不肯離開，他其實也好奇李哲究竟想跟自己說什麼。

「手舉起來。」譚曜磊冷聲吩咐。

李哲不明所以抬高雙手，譚曜磊從他的外套口袋裡摸出手機，關機後又仔細搜過他的身上，確保沒有任何竊聽器材。

「我得確定不會有第三人聽到我們的談話，進來吧。」譚曜磊說完便轉身走進屋內。

李哲連忙跟上前去，黝黑的面孔像是因羞愧而微微發紅。

譚曜磊不打算讓李哲久留，並未請他坐下，也沒招待茶水，只劈頭道：「長話短說，我還有別的事要忙。」

李哲吞吞吐吐開口：「隊長，我現在……仍然繼續負責赤瞳者的案子。」

譚曜磊低哂：「你準備升官了對吧？利用我找出蕭宇棠，並殺了她，算是立下了大功，恭喜你。」

聽出譚曜磊話裡的諷刺，李哲再度臉上一紅。

「隊長，我知道怎麼解釋都沒用，不過我是眞的爲沒能相信你而感到後悔，現在我也付出代價了。」

「什麼意思？」

「我的確是收到署長指示，藉由你找出蕭宇棠，再找機會殺了她。誰知署長事後卻矢口否認，堅稱他只是要我活捉蕭宇棠，從她口中問出國內其他赤瞳者的下落，是我擅作主張殺了她。」李哲神色惶然，「署長說，若是我能在接下來一個月內找出其他赤瞳者，便能將功贖罪，也會得到應有的獎賞；若是找不出，我就得爲這次的疏失負起全責。」

譚曜磊立即懂了，羅署長明白自己犯下致命的錯誤，便決定把李哲推出去當替死鬼。

「在這之前，署長沒告訴你，除了蕭宇棠，國內還有其他赤瞳者的存在？」

「對，他只說蕭宇棠很危險，爲了台灣人民的安全，一定得殺了她。這次我算是看清署長是什麼樣的人了。」李哲咬牙切齒，委屈得眼圈一紅。

譚曜磊態度稍稍軟化，直截了當問：「你要我做什麼？」

李哲咬緊下唇，有些費勁地開口：「背叛你之後，還登門找你問這些，實在很厚顏無恥，但我是眞的無路可走了。隊長，關於其他赤瞳者，蕭宇棠是否曾經跟你說過些什麼……」

「署長叫你來問我的？」

「是我自己的主意，署長認定我找不出其他赤瞳者的下落，他是鐵了心要我背鍋。我不希罕升官，但我絕不能就這麼任憑署長抹黑。」李哲的語氣從憤慨轉為懇求，「當初我確實只能聽命行事，畢竟我只是個基層警員，怎麼可能違抗警察署長的命令？我不奢求隊長原諒我，只希望你能稍微體諒我的身不由己。」

譚曜磊沉默半晌，嘆了一口氣。

「我的確曾經從蕭宇棠口中聽到一點線索。」

「眞的？」李哲眼睛一亮。

「不過有個條件，你幫我查明蕭宇棠的家人住在哪裡，包括她弟弟就讀的學校。」

李哲有些訝異，「你要做什麼？」

「蕭宇棠失足落海前，戴在身上的項鍊掉在碼頭上，我想把這條項鍊交還給她的家人。」譚曜磊面不改色地撒謊，「就像你說的，蕭宇棠不幸感染紅病毒，命運堪憐，如今她死了，我想把她唯一的遺物交給她同樣可憐的父母，這麼做並無哪裡不妥吧？」

「目前警方尚未找到蕭宇棠的屍體，無法確認她的生死，因此她家人的行動也都還受到嚴密的監控，連寄去她家的信件都會被攔截。要是你在這個時候跟她家人接觸，可能會惹禍上身。」李哲擔心道。

「這你不必操心，我自己會看著辦。」

「如果我告訴你蕭宇棠的家人住在哪裡，你就會告訴我赤瞳者的線索嗎？」

譚曜磊不置可否道：「世上沒有不勞而獲的事。」

「知道了，我馬上去查。」李哲感激地笑了起來，「今後如果有需要我的地方，隊長你儘管開口，謝謝你給我彌補過錯的機會！」

當天晚上，譚曜磊就接到了李哲打來的電話。

✦

王定寰自漫長的睡眠中醒來，從床上坐起身。

房門恰巧被人從外面不輕不重地敲響了兩聲，袁醫師開門進來，與王定寰四目相交。

「定寰，你醒了？」他對著男孩微微一笑，「瑞軒回台中了，她說她會再跟你聯絡。你出來一下好嗎？有樣東西想給你看看。」

王定寰隔著幾步距離跟在袁醫師身後，來到灑滿陽光的陽台。他瞇起眼睛，好一會才適應耀眼的光線，看清眼前的畫面。

陽台上多了一個籠子，籠裡有隻黑色的幼犬。

「定寰，我想不起這隻小狗是什麼品種，你可以告訴我嗎？」袁醫師的聲音裡帶著溫和的笑意。

「……柴犬。」這是王定寰第一次對袁醫師開口說話。

「眞厲害，你一眼就看出來了。」袁醫師上前將小狗抱出籠子，送到男孩面前，「這隻柴犬今後是你的了，你抱抱看。」

王定寰遲疑了一下，小心翼翼接過小狗，將牠輕柔環抱在雙臂之中。

「聽說你養過狗，牠已經過世了？」袁醫師狀似無意地與他閒聊。

王定寰點點頭。

「是生病嗎？還是年紀大了？」

「是被我爸爸拿棍子打死的。」王定寰面無表情答道。

「原來是這樣。」袁醫師蹲下，視線與男孩平行，「我把這隻狗狗託付給定寰，相信你一定能把狗狗照顧得很好。不過希望你答應袁爺爺一件事，你和狗狗在一起的時候，不要使用異能；你一使用異能，小狗就有可能會受傷。」

男孩眼中浮現疑惑。

「不相信嗎？不然你把眼睛變成紅色看看。」

王定寰黑色的眼眸一轉爲紅色，懷中的小狗竟立即發出尖銳的哀鳴，他嚇得不小心鬆開手，幸好袁醫師早有準備，及時接住小狗。

「定寰，你身上的異能非常強大，即便你只是改變眼睛的顏色，也會讓待在你身邊的小狗感受到劇烈的疼痛，情況嚴重的話，小狗甚至會死掉。」

此時王定寰的眼瞳已然轉黑，明顯神色驚慌。

袁醫師再次把小狗遞過去給他，柔聲說：「如果你希望小狗長久陪伴你，就不要再使用異能了，好不好？」

王定寰看著袁醫師，緩慢點了下頭，同時伸手接過小狗抱在懷裡。

「乖孩子。」袁醫師微笑，語氣有著鼓勵的意味，「那你跟小狗在陽台玩一會兒，然後幫小狗取個適合牠的名字好嗎？袁爺爺先去幫你準備好吃的點心，是蜂蜜鬆餅和巧克力牛奶喔。」

十五分鐘後，袁醫師將巧克力牛奶和香氣四溢的鬆餅端到桌上。

王定寰這時也抱著小狗回到屋裡，站在他身邊。

「幫小狗取好名字了嗎？」

「歐比。」王定寰眼眸微微發亮，「牠是男生，所以我想叫牠歐比。」

「歐比？眞是個好名字。等會袁爺爺替你和歐比照張相，傳給瑞軒、譚叔叔，還有沛然哥哥看，讓他們知道你有了一隻可愛的小狗。如何？」

看著袁醫師溫暖可親的笑容，王定寰也露出微笑，用力點頭。

✦

譚曜磊坐在車內，看著一群高中生在放學後從校門口魚貫而出。

昨天他從李哲口中獲知蕭宇棠家人現前的住處，以及蕭仕齊所就讀的高中。自始至終他都沒有打算去見蕭宇棠的父母，而是直接鎖定與蕭仕齊接觸。

袁醫師透露蕭宇棠三年前去離島與家人碰面時，並未表明自己的身分，而她的家人完全不知道吳德因就是讓他們一家支離破碎的罪魁禍首，還將吳德因視爲恩人，對她心懷感激。

等學生都走光了，譚曜磊也在心中擬好計畫。

隔週週六下午，譚曜磊在KTV包廂裡坐立難安地等待。

聽見敲門聲響起，他立刻朝門口望去，包廂門被推開後，出現一名與夏沛然年齡差不多的少年。

譚曜磊站起身，「你是蕭仕齊嗎？」

「我是。」蕭仕齊仔細打量他，沉著地說：「寫信給我的是你嗎？」

爲了躲過警方監視、祕密約蕭仕齊碰面，譚曜磊暗中找上一位與蕭仕齊交情普通的同班同學，請對方代爲轉交給蕭仕齊一封信，約蕭仕齊在這天下午於KTV碰面，他會在櫃檯的留言簿留下訊息，告知蕭仕齊他所在的包廂號碼。

譚曜磊提前一個小時坐進包廂等待，等待的期間如坐針氈，深怕推門走進來的不是蕭仕齊，而是警察。

直到蕭仕齊現身，譚曜磊心中的大石終於放下，卻也不禁略微屏住呼吸，蕭仕齊不僅有一雙酷似蕭宇棠的沉靜眼眸，連氣質都與她相仿。

蕭仕齊宣稱自己今天是與幾個要好的同學一同過來的，他認爲跟同學一起來唱歌，比起孤身前來更能掩人耳目。方才蕭仕齊對同學說，他臨時有事暫時離開，半小時後就會回去，確定無人跟蹤後，他才加快腳步來到譚曜磊所在的包廂。

譚曜磊好奇，「是你主動找同學一塊來KTV的？」

「嗯。」

「你知道有人在監視你？」

「隱隱約約有這種感覺，但不太能肯定。不過就算眞有人監視我，對方應該會守在KTV外，不至於跟進來。」

「那封信你後來怎麼處理？」

「燒了，既然你都祕密約我見面了，還是不要留下證據比較好。」蕭仕齊想也不想便答。

譚曜磊覺得有點不可思議，明明沒特別交代，還只是個高中生的蕭仕齊卻自行想到了這些。

但眼下沒時間感慨，譚曜磊馬上問他對蕭宇棠失蹤一事了解多少，蕭仕齊表示姊姊是在德役校醫康旭容的誘騙下，與他一同私奔，警察和吳德因都是這麼告訴他和父母的。

譚曜磊看著蕭仕齊的眼睛，嚴肅地將吳德因對他們一家所做出的殘酷行徑，以及蕭宇棠身上發生的種種異事，全數說給他知道。

即使蕭仕齊擁有超齡的沉穩，這一刻也無法不感到震驚，臉上露出驚疑不定之色。

譚曜磊能看得出來，蕭仕齊並未全然相信自己的說詞，他必須舉出其他更有力的佐證。

「三年前，有名高中女生獨自前往你家之前居住的那座離島，還去你家洗頭，你有印象嗎？」譚曜磊沉聲問。

蕭仕齊凝神回憶片刻，遲疑地說：「是有這麼一個女生……她說她朋友在德役念書，可以給我點建議。不過當時我已經改變想法，不打算報考德役了。」

「那個女生長得怎麼樣？」

蕭仕齊微微皺眉，「我見到她的時候，她始終戴著口罩。我媽倒是見過她摘下口罩的樣子，聽說她長得很像姊姊的某個朋友。」

譚曜磊拿出手機，點開宋曉芠的照片，「你母親說的就是宋曉芠，她和妳姊姊是小學同學。」

蕭仕齊眼中再次浮現難以掩飾的驚詫。

「當年你見到的那個女生，其實是你姊姊。」譚曜磊不等蕭仕齊發問，繼續說道：「就像我剛才說的，宇棠在一場事故中改變了容貌，她變成了宋曉芠的樣子。爲了保護你和你父母，她無法對你們說出眞相，更不能與你們相認。宇棠是爲了脫離吳德因的控制才逃出德役，而她後來會遭到通緝，也是因爲吳德因向警方舉報她是紅病毒感染者。」

蕭仕齊表情木然，沒有作聲。

譚曜磊無法判斷他是否相信自己所言，語氣帶上了幾分急迫，「仕齊，時間不多，我長話短說。再過不久，吳德因就將被捕，爲她所犯下的罪行付出代價，屆時宇棠將有機會回到你們身邊。你能否助我一臂之力，說服她接受治療？」

聽到這裡，蕭仕齊終於忍不住開口：「姊姊……不願意接受治療嗎？爲什麼？」

譚曜磊沒有解釋太多，只說：「宇棠無法原諒吳德因，更無法原諒同樣傷害了許多人的自己。如果她能體會到，身爲家人的你們有多麼期待與她團聚，她也許會回心轉意。」

蕭仕齊一語不發，像是若有所思。

「抱歉，仕齊，我其實很不想讓你知道這麼殘酷的眞相，但爲了讓你姊姊打消與吳德因同歸於盡的念頭，只能出此下策。」

爲了躲過警方的監控，譚曜磊將一支錄音筆交給蕭仕齊，請蕭仕齊錄下想對蕭宇棠說的話，再把錄音筆寄回給他。

躊躇半晌，蕭仕齊接過了錄音筆。

離開包廂前，蕭仕齊忽然停下腳步，扭頭問：「譚先生與我姊姊是什麼關係？爲什麼如此大費周章地幫助她？」

譚曜磊沒有回答蕭仕齊的第一個問題，微微一笑，「宇棠吃過太多苦了，我只是希望你們能一家團聚。」

✦

與蕭仕齊見過面後，譚曜磊沒有讓李哲等太久，隔天就約了他來家裡。

「蕭宇棠有一次無意間提及，除了她，目前台灣還有三名赤瞳者，疑似全都未成年。」譚曜磊說。

「都是未成年的孩子啊……」李哲沉吟道：「隊長，先前你問過我，倘若除了蕭宇棠，德役還存在有另一名赤瞳者，而且兩人還是經由同一途徑感染紅病毒，這種事機率有多高？當時你是不是掌握到了什麼線索？不然怎麼會這麼問我？」

譚曜磊刻意裝作無奈地嘆了口氣，不動聲色回道：「我的確有過這樣的懷疑，但也就只是懷疑，目前還沒有找到任何證據。」

李哲低頭思索了下，「蕭宇棠是如何得知台灣還有三名赤瞳者的？」

「我也很想知道，要是她還活著，說不定我已經打聽出來了。」譚曜磊瞥了李哲一眼，冷淡地說。

李哲面露尷尬，譚曜磊接著起身送客。

「我知道的就這些，沒什麼能告訴你的了。你走吧。」

李哲準備離開時，像是想到什麼，又問了句：「你將蕭宇棠的遺物交給她的家人了嗎？」

譚曜磊看著他，不無嘲諷地說：「如果我說我給了，你就要通報羅署長，爲自己再立下一份功勞嗎？」

「我怎麼可能會再出賣你？隊長，我知道你還無法完全信任我，我會用行動證明給你看的。」李哲信誓旦旦說完就離開了。

在同意與李哲做出條件交換時，譚曜磊便明白自己不可能什麼都不說，衡量過後，他決定只透露部分資訊，也猜到李哲下一步將會著手調查德役裡的學生。不過李哲目前掌握的資訊太少，調查需要一段時間，再加上羅署長與吳德因暗中勾結，就算李哲查出什麼，羅署長也不會讓他輕舉妄動。

一個小時後，譚曜磊前往袁醫師的住處，替他開門的是王定寰。

王定寰一改先前的冷漠寡言，迫不及待抱著一隻黑色柴犬向他獻寶，一張小臉上滿是興奮。

「譚叔叔，你看，牠是歐比，袁爺爺送給我的！」

「小狗很可愛。」譚曜磊摸摸柴犬的頭，雙眼凝視著男孩明亮的笑容，「那歐比就交給你照顧了。」

「嗯！」

待王定寰心滿意足地抱著歐比去到陽台後，譚曜磊不無佩服地看向袁醫師：「這還是我第一次見到定寰笑得這麼開心，您眞了不起。」

「了不起的是定寰，他爲了保護歐比，果眞並未再動用異能。」袁醫師莞爾一笑，「我有個想法，等定寰接受治療，並且順利康復後，就正式收養他。定寰沒有其他家人，如果可以，我想繼續照顧他。」

說著，袁醫師望向正蹲在陽台上和小狗玩耍的王定寰，眼神充滿慈愛。王定寰被小狗固執咬著磨牙棒的舉動，逗得發出開心的笑聲。

「要是能與您成爲家人，我想定寰一定也會很高興。」譚曜磊暗自立下決心，一定要盡己所能，讓王定寰、馮瑞軒和蕭宇棠等人，最後都能得以接受治療，爭取一線生機。

「謝謝你這麼說。」袁醫師微微牽起嘴角，「你最近有和瑞軒聯絡嗎？她還好嗎？」

譚曜磊眼中閃過一絲心疼，「我們昨天通過電話，爲了不讓我擔心，瑞軒始終表現得很冷靜，但我知道她心裡非常難受。沛然已經出院了，他會去台中陪伴瑞軒，有沛然陪在瑞軒身邊，我就放心多了。」

「唉，瑞軒一直都是個溫柔的好孩子……」袁醫師低聲嘆息，「對了，定寰那麼久沒回去，吳德因也該要起疑心了，這段期間還是別讓瑞軒過來這裡比較好。有了歐比的陪伴，定寰不至於太寂寞。」

譚曜磊點點頭，心中忽然浮現一個疑問。

「據傅煒所言，傅臻是因車禍腦死。出事的時候，傅臻是坐在吳德因的車上嗎？」譚曜磊先前從袁醫師口中聽聞康旭容和傅煒的那段過去，也看過相關文件檔案。

「這我就不清楚了，你爲什麼這麼問？」袁醫師好奇。

「當時傅臻的父母早已不在人世，傅煒人又在國外，傅家對外隱瞞傅臻的存在，吳德因更對他愛逾性命，絕對不可能讓他單獨外出。我很難想像傅臻發生車禍時，吳德因卻不在同一輛車上，那麼問題來了，當時吳德因是自己開車嗎？還是車上另有其他駕駛？他們要去哪裡？」

「他們會不會是坐計程車？」袁醫師猜測。

譚曜磊想也沒想便一口否決，「可能性很低，吳德因行事嚴謹，必然會盡可能降低讓傅臻在公眾面前露臉的機會。」

袁醫師也起了疑惑，走到桌前操作電腦。

幾分鐘後，他瀏覽網路上的搜尋結果，不太意外地說：「找不到吳德因曾出車禍的相關新聞。傅臻會傷成那樣，應該不是小車禍，或許該改從當年的嚴重車禍死傷事件下手。」

「我來試試。」譚曜磊坐到電腦前接手搜尋。

傅臻是在九年前的五月發生車禍，譚曜磊沒多久就找出幾則時間相符的車禍事件，其中一起發生在國道上的嚴重車禍引起他的注意。

一台小客車遭煞車失靈的遊覽車從後方追撞，小客車車內的四名大學生當場死亡。遊覽車在衝撞小客車後又失控撞上山壁，車體毀損嚴重，車上的三十五名乘客卻全數生還，只有十五人受到輕傷，堪稱奇蹟。

這起事故乍看之下不像與傅臻有關，但譚曜磊看過其他新聞報導及現場照片後，卻隱隱嗅出一絲不尋常，有股熟悉的直覺告訴他，這起事故並不單純。

點入某個網站，他捲動滑鼠滾輪的手指很快定格住，目光也暫時沒有移動。

「袁醫師，這起遊覽車車禍需要重新調查一下。」

「你發現什麼了？」

「剛剛我看過的那些新聞，內容都很一致，車禍原因皆是疑似遊覽車煞車失靈，沒有任何後續追蹤報導，更沒有其他坐在車上乘客的證詞，且全都僅寫有十五名乘客受傷。然而這篇發表在論壇上的貼文卻不一樣，疑似是其中一名乘客的爆料，發文者宣稱，除了那十五名輕傷者，當時還有一名小男孩受到重傷，事後卻不見任何一家媒體報導。」

譚曜磊將那篇爆料文章指給袁醫師看。

袁醫師極爲意外，「難道那名小男孩就是傅臻？」

「我覺得很有可能。」

「但如果那名小男孩眞的是傅臻，他爲何會在遊覽車上？吳德因不可能帶他搭遊覽車出遠門。」袁醫師深感不解。

「這點我也想不通，我會繼續追查這起車禍，也許會有新的發現。」譚曜磊做下決定。

兩天後，譚曜磊收到一個小包裹，寄件者的姓名很陌生。

拆開包裹，裡頭是他上次交給蕭仕齊的錄音筆，蕭仕齊在附上的信件中表示，他請另一位年長的朋友代他寄出包裹，應該不會引起警方的注意。

譚曜磊心想，不愧是蕭宇棠的弟弟，這對姊弟倆都很膽大心細，有勇有謀。

聽完蕭仕齊錄下的那段話後，譚曜磊爲之震動，並慶幸自己當初果斷找上蕭仕齊，這果然是最正確的選擇。

第五章

譚曜磊深入追查後發現，九年前搭乘遊覽車的那三十五名乘客，皆是台北某個高級社區的住戶，共同參與由社區主委主辦的觀光行程。

隔天，譚曜磊立即前往那個高級社區，想與該社區主委當面聊聊，卻在解釋完來意後，被保全要求出示警員證。已辭去警局工作的譚曜磊，自然拿不出警員證，只得訕訕離去，改走到社區對面的便利商店站定，打算守株待兔。

過了半個小時，一對推著娃娃車的年輕夫婦從社區走出來。

譚曜磊連忙上前與對方攀談，這對夫妻三年前搬來此處，對那起車禍並不知情，但同意幫忙電話聯繫社區主委劉凱豐，請劉凱豐過來與譚曜磊碰面。

十五分鐘後，一名年約五十多歲、滿臉堆笑的中年男子走向譚曜磊。

譚曜磊再次說明來意，劉凱豐當即表示，他與妻兒也參與了那次行程，幸好一家人在車禍中只遭受輕傷。

「請問，當時遊覽車上是否有一名八歲小男孩，而他在車禍後不知去向？」譚曜磊客氣詢問。

劉凱豐臉上的笑容驟然消失，眼神閃爍了下，聲稱並沒有這樣的人。

譚曜磊將劉凱豐一瞬間的心虛反應盡收眼底，接著掏出手機，點開那篇貼在論壇上的爆料文章，遞到劉凱豐面前。

「這名網友寫著，車上有一名小男孩受到重傷，奇怪的是媒體都對那名小男孩絕口不提，您知道是什麼原因嗎？」

「你在胡說什麼？當時車上年紀最小的孩子，是我九歲的小兒子，他只有一點皮肉傷，沒有什麼受到重傷的八歲小男孩！」劉凱豐嚷嚷道，神色陰晴不定。

此時，一名看上去像是大學生的青年，站在社區門口揚聲喚了劉凱豐一聲「爸爸」，劉凱豐立刻匆匆走向兒子，不欲再與譚曜磊多談。

似是見父親神情不對，青年隨父親離開時，回頭朝譚曜磊瞥了幾眼。

這下子，譚曜磊幾乎能夠肯定，傅臻當時也坐上了那台遊覽車。

劉凱豐這般強烈否認，極可能是吳德因從中作梗，對所有乘客下了封口令。

譚曜磊確信，那起車禍絕對藏有不為人知的重要祕密。

✦

家中的門鈴在午夜十二點響起，還坐在客廳思索如何進一步調查傅臻死亡眞相的譚曜磊，聽到門鈴聲後驀然回過神。

他下意識繃緊神經，想不明白誰會在這種時間點找上門來。是李哲嗎？

走到門前，譚曜磊警戒地問：「是誰？」

「是我。」門外傳來年輕女子的聲音。

譚曜磊的心臟重重一跳，二話不說打開門，不可置信地看著眼前身材苗條修長的女子。

「好久不見。」

蕭宇棠摘下墨鏡，露出一對含著笑意的眼眸。

譚曜磊馬上讓她進屋，並留意四周，接著關門鎖門，將客廳裡的窗簾全數拉上。

「譚先生還是一樣謹慎，附近沒有可疑人物，請放心。」

蕭宇棠卸下背包，摘下口罩，露出一張帶著倦意的面容，也不等譚曜磊招呼，便逕自坐進沙發閉上眼睛，神情放鬆，儼然像是把這裡當作自己家。

譚曜磊按捺住內心的激動，細細打量過她的全身，確定她安然無恙，沒有受傷，才鬆了口氣。

明明有滿腹的話想說，這一刻他卻只說了一句：「肚子餓不餓？要不要吃點什麼？」

蕭宇棠睜開雙目，「我想吃譚先生煮的麵。」

沒過多久，譚曜磊將一碗熱騰騰的湯麵端上餐桌，細白的麵條上鋪著翠綠的青菜、幾塊肉片和一顆溏心蛋，簡單家常，卻營養美味。

隨後他坐回客廳沙發上，隨手拿起一本書翻看，不想打擾蕭宇棠用餐。

蕭宇棠吃相斯文，一碗麵花了十幾分鐘吃完，自動將碗筷拿進廚房清洗，再回到客廳坐下。

「我臨時起意過來看看，本來以爲譚先生已經睡了，沒想到一樓的燈還亮著。你在做什麼？」蕭宇棠用閒聊的口吻問。

「想事情。」譚曜磊心念一動，脫口而出：「之前不管是打電話還是傳訊息給妳，妳都沒有回應，爲什麼今天突然一聲不響過來找我？難道妳查到了最後一名赤瞳者的消息？」

「如果我說沒有，你會失望嗎？」蕭宇棠唇角微掀，爲自己換了個更舒服的慵懶坐姿，「我只是覺得有點累，想在譚先生你這裡休息一會兒。你放心，天亮前我就會離開。」

「可是現在當宇棠姊姊感到害怕無助時，誰能是她的依靠？」

思及馮瑞軒說過的話，譚曜磊喉嚨一梗，深吸一口氣，「如果妳想，妳可以多留幾天。還有，我有重要的話想跟妳說。」

「你要我停止尋找那名赤瞳者？等吳德因被逮捕後，便乖乖去施打綠苗嗎？」蕭宇棠單刀直入問。

「袁醫師跟妳說了？」

「我猜到他會告訴你，也知道他一定會請你想辦法勸我改變心意。」

「所以妳今天是來跟我說，妳心意已決？」

儘管沒有直接回答譚曜磊，但蕭宇棠的眼神波瀾不興，並未有半分動搖。

譚曜磊起身走進他的房間，回來的時候，手裡多了一樣東西。

「這個給妳，妳去小蒔的房間聽吧。」

那是先前蕭仕齊寄回來的錄音筆。

蕭仕齊依照譚曜磊的請求，錄了一段話給蕭宇棠。

姊姊，我是仕齊。

前陣子譚曜磊先生找上我，把妳的遭遇全都告訴我了，包括妳爲何不跟我們聯絡，以及爲何決定離我和爸爸媽媽而去。

我也從他口中得知，吳德因爲了把妳留在她身邊，對我們一家做出諸多惡行，也得知三年前來過我們家的那個女生，其實就是妳。

我是個慢熱的人，向來不會與陌生人說太多自己的事，當時卻莫名對妳說了許多，現在想來原來是事出有因。

對不起，明明妳就在眼前，我卻沒能認出妳。

我以爲是我剪爛了掛在妳病房中的千紙鶴，讓妳傷心欲絕，妳才會避不見面，我始終對此萬分愧疚。時至今日，爸媽仍然每天都在思念著妳。妳突然從德役失蹤，爸爸很憂心妳的安危，在工作中恍神受傷，在醫院裡躺了一個多月；媽媽也再度病倒，做夢都在哭喊著妳的名字。

爸爸說他很後悔把妳送去德役，如果不是這樣，妳就不會離開我們。但我想我才是罪魁禍首，要不是我發生過那件事，爸爸也不會因爲分身乏術，答應吳德因的提議，送妳去德役念書。

聽完譚先生說的那些，坦白說，我很沒有眞實感，好幾天都恍恍惚惚，什麼事都做不了。

姊姊，請妳千萬不要覺得自己沒資格回到這個家，而放棄讓自己活下來的可能。該受到懲罰的人是吳德因，不是妳，妳沒有做錯任何事。

我無法想像這些年來妳是怎麼度過的，一想到妳經歷過那麼多可怕的事，我就覺得好痛苦。

姊姊，不管妳變成什麼模樣，我都不在意，爸爸媽媽也不會在意。

我很想妳，眞的眞的很想妳。唯有妳回家與我們團聚，我和爸爸媽媽才能再次幸福起來，否則我們永遠都不可能走出失去妳的傷痛。

我非常感謝譚先生來找我，更感謝他告訴我眞相，並讓我有機會對妳說出內心話。

我和爸媽會一直等妳回來。尤其是我，就算花上一輩子的時間，都會持續等待下去。

姊姊，請妳回來。

求求妳，不要拋下我們。

二十分鐘過去，蕭宇棠始終沒有走出房間，譚曜磊來到緊閉的房門前。

「蕭宇棠。」

譚曜磊先是叫了一聲蕭宇棠的名字，她沒有回應，他伸手敲門，房內依舊沒有任何動靜。

於是他揚聲喊道：「蕭宇棠，妳再不回答，我就自己開門進去了。」

等了半分鐘，他轉動門把，卻在打開門的下一秒，整個人被一股巨大的力量強拉進房裡。

他的背重重撞上牆壁，頸部被一雙手牢牢箝制住。

蕭宇棠瞠著一雙血色瞳眸死死瞪視他，她呼吸急促，看起來怒不可遏。

「你做了什麼？」蕭宇棠咬牙切齒道，「為什麼要去找我弟弟？」

「為了阻止妳做傻事。」面對她赤裸裸的怒意，譚曜磊心中一絲恐懼也無，「妳跟我說過，妳想用妳希望的方式結束這一切，妳是不是打算找出最後一名赤瞳者之後，就要與吳德因同歸於盡？」

「是又如何？」

「妳覺得我可能讓妳這麼做嗎？」

「這跟你沒有關係，你不要多管閒事！」蕭宇棠大吼。

「不想我多管閒事，那妳一開始就不該把我牽扯進來。」隨著蕭宇棠掌心溫度升高，譚曜磊頸部的刺痛也更灼熱難忍，他仍面不改色，話聲鎮定，「要是妳想殺了我，我不會反抗。但在這之前，妳要不要先透過我的記憶，看看妳弟弟現在的模樣？妳這些年都沒有去找過他吧？妳不想再看他一眼嗎？」

蕭宇棠美麗的紅色眼瞳瞬間濛上一片水霧。

她眼底盈滿痛苦與掙扎，彷彿渴望這麼做，卻又不敢。

「我已經向康旭容做出承諾，無論用各種方法，我都會阻止妳放棄自己的生命。妳先前也說過，報復毫無懺悔之心的吳德因沒有意義；如果妳是想爲了因妳而枉死的人贖罪，那就更沒有意義了，妳的死，也換不回他們重新活過來。」譚曜磊言詞懇切，「只有妳接受治療，康旭容、史密斯、袁醫師和沛然，他們的犧牲與付出才有意義，妳眞的忍心辜負他們至今爲止所做出的努力？」

蕭宇棠愣愣地鬆開掐著譚曜磊脖子的雙手，瞳色漸漸轉回墨黑，眼神卻變得晦暗不明。

「袁醫師告訴你，國外有一名赤瞳者在注射綠苗之後，體內的紅病毒消失了，對吧？但你知道她身上出現了什麼樣的後遺症嗎？」蕭宇棠盯著他看。

譚曜磊想起袁醫師說過，綠苗並非沒有後遺症，而蕭宇棠會這麼問，表示後遺症可能不小，他頓時心生忐忑。

「我不知道。」

蕭宇棠冷冷地揭曉答案，「她體內的紅病毒是消失了，也變回了正常人，卻同時失去了大多數的記憶。她已經四十幾歲了，卻只記得十五歲之前的事，她不認得自己的丈夫和小孩，而且她的身體機能逐日衰退，專家評估她活不過二十年。除了上述這兩點，還可能有其他未知的後遺症。」

驚駭之餘，譚曜磊一下子不知該說什麼。

「紅病毒對我造成的反噬非常嚴重，若施打綠苗，很可能不會再醒來。把這樣不死不活的我送回家人身邊，他們就會開心嗎？那叫什麼一家團聚？我只會變成他們下半輩子的負擔。我寧可讓他們以為我早已死去，也不要再讓他們繼續活在無止境的等待裡。我已經讓家人受盡折磨，你為什麼還要把眞相告訴仕齊？你給他這種飄渺的希望，等於是將他推入更深的絕望！」

「宇棠，妳錯了，事情不是妳想的……」

「你根本不懂！」蕭宇棠蠻橫地打斷譚曜磊的話，淚水爬滿她蒼白的面頰，「就算我施打綠苗之後醒過來了又如何？倘若我也跟那名赤瞳者一樣失去了記憶呢？那些因我而死的人算什麼？被我害成這樣的康旭容算什麼？史密斯老師算什麼？沛然又算什麼？憑什麼就只有我可以忘記一切，回歸幸福安穩的生活？要我拋下他們，比要我死還痛苦。我不要，我做不到！」

看著激動至全身發抖的蕭宇棠，譚曜磊做了一個他從很久以前就想做的舉動。他上前將她攬入懷裡，用雙臂撐起那副彷彿隨時都會支離破碎的身軀。

「我懂。如果我是妳，我也無法輕易拋下爲我犧牲的那些人。」他一字一句說得緩慢而清晰，「可是宇棠，妳理當是最明白他們的人。不管是康旭容、史密斯，還是沛然，他們之所以不惜付出生命，絕不只是爲了妳，更是爲了他們摯愛的人，包括傅煒、史密斯的妻兒，以及沛然的國中好友……妳如果眞想爲了他們、爲了那些無辜逝去的生命做些什麼，就該徹底摧毀吳德因的野心，讓紅病毒和赤瞳者從世上滅絕，這才是對吳德因最好的復仇。」

蕭宇棠沒有出聲，依舊顫抖不止。

「康旭容、史密斯、沛然，他們想要看到的絕對不是妳和吳德因同歸於盡，妳覺得他們拚盡全力守護妳至今，是爲了眼睜睜看妳去送死嗎？他們想看到的是妳和瑞軒、定寰能擺脫紅病毒的箝制，重新做回普通人。」譚曜磊拍了拍蕭宇棠的背，語重心長道：「我也是個父親。如果小蒔碰上妳這樣的事，我也會想找吳德因報仇，可是只有小蒔回到我身邊，我才能得到救贖，不管小蒔變成什麼模樣，我都不在乎。我相信妳的父母也是如此，他們不會放棄妳，所以妳也不該放棄他們。」

蕭宇棠在譚曜磊最後這段話裡痛哭失聲，那發自內心深處的悲切哀鳴，令譚曜磊對她生出了無限疼惜。

「如果妳感到害怕迷惘，不知道該何去何從，就來找我。不管任何時候，妳都能來依靠我，我不會讓妳無處可去。」他在蕭宇棠的耳邊鄭重做下承諾。

蕭宇棠的身軀漸漸不再顫抖，也慢慢停止哭泣。

那晚蕭宇棠留了下來，睡在小蒔的房間。

蕭宇棠在床上躺下，譚曜磊關燈正要出去時，她卻開口挽留，於是他打開書桌上的小燈，在床邊席地而坐。

「你是怎麼聯絡上仕齊的？」蕭宇棠問。聽完譚曜磊的講述，她低聲問了句：「他好嗎？」

「他的眉眼和妳很相似，性格則是和沛然一樣機伶聰明，他們都是很好的孩子。」譚曜磊像是忽然想到什麼，又說：「對了，我有件事想問妳。」

「什麼？」

「妳之前曾要求我陪妳去看電影，當時妳說，那是一部會嚇到妳的恐怖電影，如果哪天妳忘了，希望我幫妳記住。妳會這麼說，是因為那時妳已經知道注射綠苗會有後遺症了嗎？還有，那部電影對妳有什麼意義，為什麼要特別囑咐我幫妳記住？」譚曜磊低沉的嗓音在寂靜的夜裡聽來格外令人心神安定。

蕭宇棠頓了下才回話：「有一次康旭容半開玩笑對我說，他挺想知道哪部恐怖片會嚇到我。那天和你看過那部電影，我便想著，倘若有天我忘記了一切，或是死了，就請譚先生替我轉告他答案。」

聞言，譚曜磊心中了然，「當時妳要我幫妳繫圍巾，這也跟康旭容有關？他曾為妳這麼做？」

「嗯。」

「妳喜歡他吧？」

「康旭容向妳坦露過心意嗎？」

蕭宇棠沒有回答。

「什麼心意？」

「跟妳一樣的心意。」譚曜磊低聲說，「不是單純把妳當作一個孩子看待，而是對妳動了真情。或許從他在德役見到妳的第一天，他的這份感情就開始了。」

蕭宇棠久久沒有作聲，「你爲何這麼認爲？」

「第六感吧。得知你們的過往後，我就有這種感覺。」譚曜磊輕描淡寫答道，不去理會心中那絲異樣的感受。

這時蕭宇棠從被窩裡伸出手，「譚先生，請把你的一隻手借給我。」

譚曜磊回頭對上她的眼睛，依言將靠近她的左手伸向她，蕭宇棠的手一碰觸到他，譚曜磊的心也跟著微微顫動。

他發現自己想要握緊那隻手，但他忍住了，就這麼看她輕輕牽著他。

「妳想看我的記憶？」

「不是。」晶瑩的淚光在蕭宇棠眼中若隱若現，「我想告訴你。三年前，我看見變成那樣的康旭容，有好幾天什麼都沒有做，只是坐在他身邊，像這樣握著他的手，一次又一次看他的記憶。我想知道他發生什麼事，可不知道爲什麼，我只在他的記憶中看見一個人。」

「誰？」

「我。」蕭宇棠啞著聲音回答，「他總是在我不注意的時候，默默地看著我。從他來到德役，他就一直注視著我。而我最常出現在他記憶中的模樣，就是我笑起來的樣子。每次觸碰他，我都會先看見我自己的笑臉，沒有一次例外。」

譚曜磊閉上眼睛，「我想我或許能猜中原因。妳的笑容是支撐他前行的動力，而他直到倒下的那一刻都在惦記著妳。既然妳已經明白他對妳的心意，就該知道他唯一的心願是什麼。」

說完，譚曜磊毫不猶豫握緊她的手，「我答應妳。」

蕭宇棠眨了眨鑲著淚珠的睫毛，不解地問：「答應我什麼？」

「答應幫妳找出最後那名赤瞳者，上次我沒有回答妳，現在我正式接受妳的請求。不過我有個條件，妳必須自即刻起放下一切，不再動用異能，耐心等待吳德因被逮捕的那一天到來，然後接受治療。其他的事都交給我，我向妳承諾，無論花上多久時間，我都會找到那名赤瞳者。」

蕭宇棠與譚曜磊對視良久，蕭宇棠的眼睛在昏暗的室內亮得驚人。

「如果我施打綠苗之後，再也醒不過來怎麼辦？」

「妳會醒的。」譚曜磊話聲堅定，「妳一定會醒。」

「那如果我在很多很多年後才醒來，容貌衰老，沒有人肯要我了呢？」

「雖然不可能有這種事，但倘若眞是如此，只要妳願意，我這裡隨時可以爲妳留一個位置。」

一滴淚從蕭宇棠的眼角流下，在枕頭上暈開一朵小小的水花。

「我曾經後悔找上譚先生，只要看著你的眼睛，我做好的決心時常會產生動搖。」她勾了勾唇，「而我明明知道你絕對會盡全力阻止我，但我還是來找你了。我一直不明白，自己這麼做究竟是因爲心裡仍有迷惘，還是因爲，我想見你，想聽你對我說出這些話……」

蕭宇棠話聲漸低，幾不可聞。

譚曜磊始終一語不發，直到她沉沉睡去，譚曜磊握著她的手仍舊沒有鬆開。她最後的那段話，在他內心掀起一波波漣漪，久久無法平息。

譚曜磊緩緩起身，在她的額上留下一個如微風拂過，不著痕跡的輕吻。

守了蕭宇棠一夜，譚曜磊隔天從睡夢中醒來，只覺全身僵硬，轉頭一看，卻發現蕭宇棠人已經不在床上。

他匆忙奔出房間，蕭宇棠正好從廚房走出來，手上端著咖啡和一盤香氣四溢的食物。

「我擅自用你冰箱裡的食材做了早餐。雖然我沒有你那樣的好廚藝，但雞蛋火腿三明治還是沒問題的。」將餐點擺在餐桌上，她溫和地看著他，「請坐吧，我有話要跟譚先生說。」

等到兩人吃完早餐，譚曜磊才開口：「妳要說什麼？」

蕭宇棠定定地看著他，「我答應你提出的條件，但請讓我完成最後一項計畫，只要這個計畫能成功，我就會停止一切，也會施打綠苗。」

譚曜磊不動聲色地深呼吸，壓下內心的激動。

「什麼計畫？」

「警政署長和李哲，都認爲我死了吧？」

「對，雖然沒找到妳的屍體，不過從李哲的反應看來，他們應該對此並未抱有太大懷疑。」他微微擰眉，「妳打算做什麼？」

蕭宇棠放下咖啡杯，「我要讓他們知道我還活著。」

✦

馮瑞軒感覺有人在溫柔撫摸自己的臉。

她睜開眼睛，待視線變得清明，看見母親坐在她的床邊。

「沛然來了，快起床吧。」馮母笑了笑。

「嗯。」儘管睡眼惺忪，馮瑞軒仍很快走進浴室盥洗完畢，再換掉睡衣來到樓下。

夏沛然正在跟馮瑞軒的奶奶聊天，把老人家逗得眉開眼笑，一看見她出現在樓梯，便笑容可掬地對她揮揮手。

「早安，瑞瑞學妹。」

「早……」馮瑞軒才剛開口，馮父就走到她身邊，親暱地摟了摟她的肩，「瑞軒，爸爸出門上班了，今天和沛然去妳最喜歡的市集走走吧。」

她點點頭，吃完早餐後，就跟著夏沛然一同前往位於河畔的小型市集。這個市集規模不大，約莫僅有二十幾攤，販售的大都是年輕族群喜愛的文創商品。

自從出院後，夏沛然每三天就會過來台中一趟，就連適逢春節假期也不例外，他性格活潑討喜，嘴巴又甜，馮瑞軒一家都很歡迎他的到來。

與夏沛然並肩在河畔漫步時，馮瑞軒歉然道：「你身體還沒完全好，卻還得經常過來陪我……」

「妳又來了，再這麼見外，我就要處罰妳了。」夏沛然裝作生氣地抬手輕輕彈了一下她的額頭，「我就是想要來陪妳啊，要是妳嫌我礙事，就老實告訴我，我馬上就走。」

馮瑞軒連忙搖頭，手指慌張地揪住他的衣襬，「我、我很需要你的陪伴，請你別走。」

夏沛然對她的反應很滿意，逕自牽起了她的手。

一股溫暖透過少年的掌心傳來，讓馮瑞軒紛亂的心緒漸漸平定下來。

「學長，定寰的情況還好嗎？」

「不算好也不算壞，雖然定寰已不再動用異能，但他依舊不時陷入長時間昏睡。我擔心再這樣下去，他恐怕會撐不到注射綠苗的那一天。」夏沛然沒有瞞她，選擇實話實說。

「那該怎麼辦？」馮瑞軒又急了起來。

「宇棠姊和袁叔叔會想辦法，避免最壞的情況發生。」夏沛然安慰她，手上加重握著她的力道，「話說回來，校長最近沒聯繫妳嗎？」

「嗯，不曉得是不是她發現不對勁了，改把心思改放在尋找定寰上。」

「有可能。」夏沛然沉吟道，「袁叔叔會照顧好定寰，妳什麼都別擔心，先想著自己的事就好。」

「我的事？」

「對，妳有什麼想做的事，趁現在這段空檔放手去做。有需要我幫忙的地方，也儘管開口，我一定盡全力幫妳。」夏沛然微微一笑，「妳不要多想，我這麼說，並非認爲那天的到來意味著『結束』，而是象徵著『開始』。我有信心，妳一定能痊癒，重獲新生。」

心情激盪之下，馮瑞軒熱淚盈眶，「學長會等我嗎？」

「當然會。」夏沛然伸手爲她抹去流下的淚水，「不管多久我都會等，到那時，妳就眞的會是我的女朋友了。」

「你又在逗我了。」馮瑞軒臉上一紅。

「我沒逗妳，我會再一次追求妳，說到做到。」

馮瑞軒看著他，輕咬下唇，小聲說：「你不用這麼做。」

「什麼？我沒聽清楚。」夏沛然作勢將耳朵湊近她。

不知哪來的勇氣，馮瑞軒雙手抱住夏沛然的脖子，踮起腳尖，飛快在他的臉頰印上一吻，而後面紅耳赤地鬆開手，倒退兩步，不敢直視夏沛然的眼睛。

「我、我是說，不用等到那時候啦。」她囁嚅道，心跳如擂鼓。

「瑞瑞學妹，妳這樣不對。」

「哪……哪裡不對？」她困惑地抬頭看向夏沛然。

「親臉頰不能清楚表達妳的意思，這麼做才可以。」夏沛然笑著捧起她的臉，毫不猶豫吻住她的唇。

✦

打開家門時，馮瑞軒還有些飄飄然，感覺雙頰的熱度仍未消退。

從玄關走進客廳前，她聽見母親像是在與人交談，下意識停下腳步。

「瑞軒一切都很好，只是她擔心定寰，心情有點沮喪，這段時間她一直待在家裡，哪兒都沒去。」

馮母話音落下後，卻未聽到其他人聲，馮瑞軒猜測母親應該是在講電話。

對方似乎問了什麼問題，馮母不疾不徐回道：「您說沛然？不，他沒有來找瑞軒，那孩子才出院沒多久不是嗎？來這麼遠一趟太勉強了。我知道了，如果沛然有過來，我會通知德音阿姨您的。」

馮瑞軒愣住了。

爲何母親要對吳德因說謊？

待馮母結束通話，馮瑞軒才進到客廳，馮母看見她，露出笑容：「沛然回台北了嗎？」

「嗯。」馮瑞軒點點頭，正想著是否該詢問母親這是怎麼回事，馮母卻若無其事地先一步開口。

「剛剛妳爸爸打電話來，說工廠臨時有要事處理，今晚不會回家，我們帶奶奶一起出去吃晚餐吧。」

猶豫半晌，馮瑞軒決定先把話吞回肚子裡。

或許是掛念在心上的事太多，深夜馮瑞軒在床上翻來覆去許久，依然未能入睡。她走出房間，想去廚房倒杯水喝，見母親房間裡的燈還亮著，便上前敲門。

母親應聲後，馮瑞軒開門進去，馮母正坐在床上翻看相簿。

「媽媽，妳怎麼還不睡？」

「睡前喝多了茶，有點睡不著，乾脆拿相簿出來看看。」

馮瑞軒坐到母親身邊，跟著一塊看。

「眞不可思議，感覺妳昨天還是躺在我懷裡咿咿呀呀的小貝比，轉眼間就長這麼大，是個小少女了。」馮母笑著凝視馮瑞軒嬰兒時期的照片。

馮瑞軒驀然感到一陣心酸，她歪頭倚在馮母的肩上，「媽媽，我今天能不能跟妳睡？」

「當然可以。」馮母闔上相簿，笑著摸摸女兒細軟的髮絲。「時間不早了，我們睡吧。」

熄了燈，躺在床上的馮瑞軒緊貼著母親，貪婪地感受她的體溫，嗅聞著她身上熟悉的味道。

眼看距離那一天所剩的日子不多了，馮瑞軒很珍惜和母親相處的時光，她想將關於母親的種種全都牢記在心中。

「妳今天好像特別愛撒嬌。」馮母說。

「因爲我很久沒跟妳一起睡啦。」馮瑞軒強忍著淚意，故作輕快道：「媽媽，妳剛才看著我小時候的照片，心裡在想什麼？」

馮母默然片刻，「看著妳小時候的照片，我心中充滿感謝。」

「感謝什麼？」

「感謝所有讓妳順利長大的一切。」馮母輕聲說：「妳生病那段期間，媽媽每次去廟裡都向神明許願，只要能多給妳一點時間，無論需要付出多少代價，我都願意承受。神明聽見了我的願望，讓妳健健康康陪伴我到現在。看到本來被醫生斷言活不過八歲的妳，如今能夠像正常人那樣上學、運動，並且交到一個很珍惜妳的男朋友，媽媽眞的很高興。」

「媽媽妳在說什麼？什麼男朋友？」馮瑞軒耳根發燙。

「媽媽一眼就看出來了，你和沛然彼此喜歡，對不對？」馮母語帶笑意，「媽媽會幫你們保密，不跟妳爸爸還有奶奶說。」

馮瑞軒無法再辯解，只得羞赧默認。

「能見到妳獲得幸福，我已經沒有遺憾，就算此刻受到懲罰，我也心甘情願承受。」

「媽媽，妳怎麼了?怎麼說這種話?」馮瑞軒有些不安。

「沒事，我只是有感而發，沒有別的意思。」馮母握住女兒的手，用夢囈般的語氣呢喃：「媽媽知道，妳之前過得很煎熬、很痛苦，可妳沒有任何過錯，是媽媽錯了，媽媽會替妳承擔起一切，妳什麼都不用怕……」

馮瑞軒越聽越覺不對勁，連連追問馮母是怎麼回事，馮母卻不欲多言，只說自己累了，以後再說吧。馮瑞軒只能按捺住心中的不安，勉強入睡。

隔天，馮瑞軒一直偷偷留意母親的言行舉止。

見馮母一如往常，沒再說些奇怪的話，她便安慰自己，或許母親昨晚只是因爲看見她小時候的照片，想起過去的諸多艱辛，才忽然多愁善感起來。

✦

寒假的最後一天，夏沛然透過馮瑞軒得到吳德因的許可，讓夏家的保鑣兼司機代替臨時有事的譚曜磊，開車去接馮瑞軒回台北，而夏沛然全程陪同。

到了馮家後，馮母把夏沛然單獨叫進房裡，過了五分鐘才出來，他拎著一箱禮盒，跟著馮瑞軒一同向馮母道別，坐上車子。

車子駛離時，馮瑞軒回頭望了母親好幾眼，直到再也看不見，才將目光轉向夏沛然。

「學長，我媽媽剛剛跟你說了什麼嗎？」

「她請我多關照妳，還送了點心禮盒給我，作爲答謝。」

「就這樣？」

「對呀，怎麼了嗎？」夏沛然眨了眨眼。

「沒有……」她垂下眼眸，「或許是我多心吧，我總覺得我媽媽最近有點怪怪的。」

「怎麼說？」

馮瑞軒猶豫一會兒，不僅向夏沛然轉述母親那天晚上那番意味不明的言詞，還跟他說了另一件事。

昨天中午吃飯的時候，馮瑞軒的父親忽然說，馮瑞軒當初之所以去德役念書，是爲了避開企圖傷害她的韓宗珉，既然韓宗珉已受到法律的制裁，馮瑞軒就沒有必要繼續留在德役。況且當初把馮瑞軒送到德役，是相信德役能提供學生足夠的保護，然而馮瑞軒卻差點送命，使得馮父對德役失去了信心，希望女兒可以返回台中就讀一般高中，馮瑞軒的奶奶也有同樣的想法。

只有馮母持反對意見，認爲韓宗珉都已經被捕了，女兒的人身安全不會再受威脅，再者德役在師資設備、教學環境方面，都遠比台中其他學校優秀，長遠來看並沒有必要轉學。

兩方一度僵持不下，最後是馮瑞軒主動表示自己想繼續留在德役，才終結了這場爭論。

「或許馮阿姨是因爲知道我們在交往，才想讓妳留在德役。」夏沛然面色自若地接話。

「我本來也是這麼想，不過還有另一件怪事，我們去逛市集那天，我回到家後，無意間聽到我媽媽和德因奶奶通電話，她居然對德因奶奶說，你沒有來台中找我。我媽爲什麼要說謊？難道她覺得讓德因奶奶知道你過來台中找我不太好？」

這回夏沛然沒有馬上答腔，停頓了幾秒，才露出笑容，「說不定妳媽媽只是覺得，校長可能不會同意高中生戀愛交往，而她站在我們這邊，所以才想幫我們瞞著校長。」

被夏沛然這麼一說，籠罩在馮瑞軒心上的迷霧稍稍散去了一些，但還是好像有哪裡不太對勁。

「可是……」馮瑞軒張嘴欲言。

夏沛然冷不防打斷她的話，「對了，瑞瑞學妹，聽袁叔叔說定寰的生日就在這個月。我在想要送什麼生日禮物給他才好，妳應該對他的喜好很了解吧，他會不會喜歡飾品類的東西啊？」

「你是說像項鍊、手環之類的？」

「嗯，我想送他一樣可以配戴在身上的禮物，比較具有紀念價值。前陣子我去了一趟我媽經營的飾品公司，有幾款項鍊挺適合定寰這個年紀的男生，妳覺得送他項鍊怎麼樣？」

「定寰脖子上已經戴著一塊玉佩，是他過世的外婆送給他的，他非常珍惜。」馮瑞軒馬上說。

「是喔？那我送手環好了，有條黑色鑲鑽的手環很漂亮。」夏沛然迅速做下決定。

「鑲鑽？那一定不便宜吧？送這麼貴的禮物給他好嗎？」馮瑞軒忍不住驚呼。

「還好啦，只是小碎鑽，市價大概三萬多而已，在自家公司拿折扣很低，要不了多少錢。」出身富裕家庭的夏沛然滿不在乎道。

在兩人隨意的閒聊中，車子逐漸駛離台中市區，馮瑞軒也暫時將母親的異狀拋在腦後。

當天晚上回到學校宿舍，馮瑞軒洗完澡，穿著睡衣躺在床上打算就寢，才又想起了這件事。

那個時候，夏沛然是故意將話題岔開嗎？

母親的異常言詞，眞的只是她多心？

正思忖著，馮瑞軒隱約聽見震動聲從書桌抽屜裡傳出。

她立刻從床上跳起來衝向房門，確認房門已然上鎖，才又奔至書桌前打開抽屜，拿出那支夏沛然特意爲她準備的新手機。

然而當她定睛一看，卻愣住了。

這通來電沒有顯示號碼。

這組新門號只有夏沛然、譚曜磊，還有袁醫師知道。

是誰打電話給她？

手機的震動久久未停，對方很有耐心，像是非要等到她接起爲止。

馮瑞軒心跳加速，手心微微滲汗，過了足足三分鐘，她才下定決心，用手指輕點接通鍵，將手機舉至耳畔。

她還沒開口，電話另一頭就先響起一道陌生的嗓音。

很長一段時間，馮瑞軒都沒有放下手機。

第六章

看見神色黯然的馮瑞軒踏進辦公室，吳德因放下手邊的工作，領著她走到沙發旁邊坐下。

「德因奶奶……有定寰的消息了嗎？」馮瑞軒半仰著頭問，眼中帶著一絲希冀。

吳德因嘆了口氣，「我已經透過各種管道找他，仍然沒有線索。」

「定寰過去從來不曾失聯這麼久，他會不會出事了？」馮瑞軒的聲音像是快哭了。

「別這麼想，定寰會平安回來的。」吳德因安慰馮瑞軒，撫摸了下她消瘦的臉頰，「妳氣色好差，這段日子很不好受吧？妳有好好吃飯睡覺嗎？」

「我一想到定寰就沒什麼胃口，晚上也睡不好。」馮瑞軒眼圈一紅，話聲哽咽，「我知道不該在德因奶奶這麼忙的時候來打擾您，可我實在憋不住了，好想把心裡的話全部告訴您，又怕說出口之後，您會從此厭惡我。」

「不會有這種事，德因奶奶怎麼可能會厭惡妳？」吳德因好笑地拍拍她的手，「妳想說什麼儘管說，不用怕。」

馮瑞軒略微低下頭，吞了一口口水，鼓足勇氣開口。

「德因奶奶，我對自己擁有那些駭人的力量，一直都感到非常害怕，認爲自己是個怪物。直到得知定寰和我一樣，我才覺得自己並不孤單，且無比安心。如今定寰失蹤了，倘若他有什麼萬一，像我這樣的人就只剩下我一個了……光是想到這一點，我就好痛苦，心裡甚至萌生出一個可怕的念頭。」

「什麼念頭？」

一滴眼淚從馮瑞軒的眼角溢出，劃過她光滑的面頰，「假如……這世上還有更多跟我一樣的人就好了。定寰出現以前，我其實很不甘心，憑什麼只有我遭遇到這種事？憑什麼只有我活得這麼辛苦？是定寰的存在，讓我不再那麼心存怨懟。可現在他不見了，我感覺自己快要撐不下去了，我好難過、好生氣，爲什麼要把他從我身邊奪走？如果全世界的人都變得跟我一樣就好了，這樣我就不是唯一的異類了。德因奶奶，您一定覺得這麼想的我非常壞、非常自私吧？」

「沒這回事。」吳德因用力握了下她的手，「妳一點都不壞，也不自私。我能夠體會妳的心情。」

「眞的嗎？」馮瑞軒淚眼汪汪地抬起臉。

「當然是眞的。」吳德因的眼神似是帶有深意，「所以，如果世上有其他跟妳一樣的孩子，瑞軒妳會很高興，對嗎？」

馮瑞軒眼中閃過一抹奇異的光采，隨即又擰起了眉頭，神情複雜。

「怎麼？難道是我想錯了？」

「不、不是。您忽然這樣問我，我怕自己有了不該有的期待。」馮瑞軒囁嚅道。

吳德因微微一笑，「放心，我向妳保證，一切都會如妳所願，妳只要照顧好自己的身體就好，其他的就交給我吧。」

馮瑞軒乖巧地點點頭，看向吳德因的目光充滿信賴，接著開口問：「德因奶奶，您寒假時有跟我爸媽聯絡嗎？」

「怎麼了嗎？」吳德因沒有立刻回答。

「寒假時您都沒打電話給我，有一次在聊天的時候，我忍不住跟爸媽說我很想念您……我怕他們跟您提起這件事，造成您的困擾。我知道您這段時間在忙著找定窶，我這麼說並不是抱怨，只是怕我和家人給您添麻煩。」

「我還以爲是什麼事呢。」吳德因輕哂，「這段時間我確實都在忙著找定窶，沒聯絡你們一家人。作爲補償，這週末我帶妳去一間漂亮的飯店吃下午茶好嗎？還是妳想跟沛然一起去？我可以替你們安排。」

馮瑞軒搖頭，「我想跟德因奶奶去就好。最近沛然學長很擔心我，但我又做不到在他面前強顏歡笑。只有在德因奶奶面前，我才能眞正放鬆下來，說出心裡的話。」

「好，那就我們兩個人去。」吳德因憐愛地搭著馮瑞軒的肩膀，「只要妳想要的，我都會滿足妳。」

「謝謝德因奶奶。」

「不用客氣。對了，妳之前傳訊息說，有兩件事想要問我。第一件是定寰的事對吧？另一件事是什麼？」

「噢，就是，您知道蕭宇棠是誰嗎？」

吳德因登時像是定住了，慢慢將手從馮瑞軒的肩上放下。

「蕭宇棠？」

「您認識她嗎？」馮瑞軒眼中盈滿好奇。

「嗯。」吳德因語氣平淡，「妳怎麼知道這個人？誰告訴妳的？」

「沒人告訴我。昨天晚上我接到舍監通知，說有我的朋友找電話到舍監室，要我過去接電話。對方說她叫蕭宇棠，過去也是德役的學生，與您情同家人。這個人好奇怪，我根本不認識她，為什麼要打電話給我啊？」

聞言，吳德因依舊不動聲色，眼睛雖然看著馮瑞軒，卻又不像是在看著她。

「然後呢？妳有問她為什麼打電話給妳嗎？」

「我還來不及問清楚，她就掛斷了。我覺得很不安，韓宗珉學長的事才剛落幕，馬上就有陌生人謊稱是我朋友找上門來。德因奶奶，她說的是眞的嗎？她爲什麼要找上我？」

吳德因開口回答前，上午第一堂上課鐘剛好響起。

「妳先回去上課。」吳德因揚起一貫的優雅微笑，「瑞軒，如果蕭宇棠再打電話給妳，妳就跟她聊聊天吧。」

「什麼？」馮瑞軒很是驚愕，眼睛都瞪圓了。

「不過，妳千萬不要把妳的手機號碼給她，她想打電話給妳，只能透過舍監室轉接，然後也不要讓任何人知道這件事，包括沛然。」吳德因想了下，又說：「妳可以試著通過電話交談，查探她爲什麼找上妳，其他的等時機成熟我再跟妳說，好嗎？」

馮瑞軒溫順地應下，起身走出校長室，回到教室上課。

一個上午過去，馮瑞軒和夏沛然約好午餐時間在天台見面。

「天氣眞好。」站在藍天下，身上被陽光鍍上一層耀眼光膜的少年，笑著伸了個懶腰。

馮瑞軒靜靜凝視這樣的他，走到他面前，緊緊地抱住他。

「嗯?怎麼了?」夏沛然歪著頭看她，語氣溫柔得不可思議。

「學長，我有非常重要的事，必須告訴你和譚叔叔。」馮瑞軒啞著聲音說。

✦

蕭宇棠表示要向警方透露她還活著的消息，令譚曜磊十分詫異，不明白她是何用意。

「讓王定寰盡快施打綠苗是當務之急，但根據當初總統提出的條件，我必須先找出最後那名赤瞳者才行。我和總統之間有個中間人，我會請他轉告總統，定寰的情況已經不容許再拖延，而我也會想辦法促使吳德因主動吐露線索，讓譚先生之後得以找到最後那名赤瞳者，只是在過程中，大概還是免不了得動用異能，但我答應你，事成之後，我將照你所希望的就此停手，等待接受治療。」

說出這段話時，蕭宇棠眼神堅定，譚曜磊願意相信她所言非虛，然而心裡卻仍湧上一股不祥的預感。

「吳德因怎麼可能主動吐露線索?這比直接窺伺她的記憶，還更難做到。」譚曜磊開口，凝神觀察蕭宇棠臉上的神色變化。

「我始終查不出吳德因將最後一名赤瞳者交給誰照顧，我沒有別的選擇。」

「妳這話是什麼意思？」譚曜磊愣住。

「我曾經寸步不離跟蹤吳德因整整一年多，並未發現她身邊出現過疑似是最後一名赤瞳者的人選。我懷疑，在察覺康旭容的背叛之後，吳德因很可能意識到我和康旭容企圖找出那名年紀最小的赤瞳者，便把那名赤瞳者轉交給某人照顧，以免洩漏蛛絲馬跡。」蕭宇棠淡淡道。

「難道妳認為這三年來，吳德因都沒有與那名赤瞳者見面，而是透過照顧者，掌握那名赤瞳者的情況？」

「嗯，我確實是這麼想的，除非吳德因早就將那孩子送去國外，那自然又另當別論。以吳德因的性格，她可能會囑咐照顧者，一旦她出了什麼事或發生不測，對方就得立刻帶著那名赤瞳者更換躲藏地點。」

譚曜磊不禁點頭，認同她的猜想。

日理萬機的吳德因，確實不可能有辦法親自看顧多名身負異能的年幼孩童，收養王定寰一人已是極限。況且王定寰有段時間與吳德因同住，倘若家中還有另一名孩子，王定寰必然會對馮瑞軒提起。

那麼，那名照顧者是誰？既然對方貼身照顧赤瞳者，理應知曉赤瞳者的祕密，且深得吳德因的信賴。

「照顧者會不會是那名赤瞳者的家人？」譚曜磊想起之前與家人共同生活的馮瑞軒，自然而然往這個方向推測。

「這我就不清楚了。當年康旭容從吳德因口中問出這名赤瞳者的下落，由於時間緊迫，他決定自行前去救出對方，來不及告訴袁叔叔和史密斯老師詳情。他倒下之後，我在他腦中讀取到的記憶同樣有限，無法找到太多有用的線索。」

譚曜磊低頭思忖，「關於這名赤瞳者，妳知道多少？」

「她是女生，名叫余寧寧，接受的是肝臟移植手術。爲了掩人耳目，我想吳德因八成已安排她改名。」

「余寧寧……」譚曜磊小聲複誦，算算年紀，這名女孩今年該是十歲了。「只有這些資訊嗎？」

「是的，只有這些。」蕭宇棠看向他的眼神多了分深意，「不過……」

此時，門鈴聲忽然響起，打斷了她未完的話。

譚曜磊想到來人很可能是李哲，便要蕭宇棠躲入小蒔的房間，接著將她使用過的咖啡杯和餐具收進廚房流理臺，才前去應門。

不料站在門外的那人，並不是李哲。

「姊夫，我有事經過附近，帶了早餐來看你。」

葉霖提著一袋沉甸甸的餐點進屋，發現餐桌上有吃到一半的三明治和咖啡杯，頗爲意外：「咦？你已經在吃啦？我買了你最喜歡的豬排鐵板麵！」

「沒關係，我留著當午餐吃。」

將葉霖買的餐點放好，譚曜磊用蕭宇棠聽得見的音量說道：「小霖，我正好想去買點東西，你陪我一起去吧。」

「好呀。」葉霖爽快答應。

譚曜磊瞥了眼那扇緊閉的房門，旋即拿起手機、鑰匙和錢包出門。

進到超市後，葉霖看著譚曜磊積極採買各式食材和民生用品，不到十五分鐘，推車裡便已堆成一座小山。

採購完畢，兩人走進超市附設的咖啡廳，各點了一杯飲料。

「姊夫，你是不是有女朋友了？」葉霖冷不防問。

譚曜磊差點被飲料嗆到，「你在說什麼傻話？」

「剛才一進到你家，我就覺得整間屋子好像不太一樣，比我上次過來時乾淨整齊不少，你整個人也像是脫胎換骨，沒了過去那副渾渾噩噩的樣子，所以才會懷疑你是不是有女朋友了。」

「這是不可能的事。」譚曜磊無奈地否認。

「為什麼不可能？就算你交了女朋友，我也覺得很好呀，我不希望你一直困在過去的陰影裡走不出去。」葉霖振振有詞道：「如果不是有了女朋友，你怎麼突然間轉變這麼大？還是這跟你上次委託我幫忙聯繫楊欣的事有關？你找楊欣做什麼？你之前說過會告訴我的。」

「我是說過，但現在還不是時候。」譚曜磊看著他，「我只能告訴你，先前我短暫復職過一段時間。」

「真的？」葉霖很驚訝。

「嗯，昔日的長官指派一項祕密任務給我，所以當時才會請你代為居中聯繫楊欣。如今那項任務已經結束，我又不再是警察了。」譚曜磊淡淡一笑。

「明明警局有那麼多人手，長官還特別指派祕密任務給你，而你也沒有拒絕，這就表示警界依舊需要你，那項任務也重燃了你作為警察的使命感。姊夫，擔任警察是你的天命，別再為了大姊和小蒔而認為自己不該當警察，你還是正式復職吧。」葉霖認真勸道。

「即使不再是警察，我還是能做想做的事，警察的身分有時反倒成為阻礙，我並不留戀，你也不必為我感到可惜。」譚曜磊明白葉霖是真心替自己著想，便也耐著性子向他解釋自己的想法。「我現在想做的事，比重返警界更重要，也更有意義。況且，就算不再是警察，我做的事與過去沒有不同。」

「你的意思是，你現在還是在辦案？」葉霖眨眨眼。

「可以這麼說。」譚曜磊頷首，「這是我這輩子辦過最重要的案子，在案件結束前，我沒辦法透露太多，請你諒解。」

葉霖鬆開緊皺的眉頭，露出安心的笑容，「沒關係，姊夫你能重新振作起來，我就放心了。既然如此，我就不多問了，你自己注意安全，等你辦完手上的案子，再告訴我是怎麼回事。」

「好。」譚曜磊牽動嘴角，爽快答應。

離開超市後，葉霖向譚曜磊告別，譚曜磊獨自返家。

譚曜磊以爲蕭宇棠會暫時住在他家一陣子，也知道她喜歡吃他煮的菜餚，於是一口氣買下三天份的食材，然而家中卻已不見蕭宇棠的人影。

蕭宇棠沒有留下任何訊息，但他擺放在客廳桌上的筆電，螢幕卻被掀開了，儘管螢幕一片漆黑，電源燈卻是亮起的。

那台筆電是他以前和妻女所共同使用，並未設置關機密碼。是蕭宇棠打開筆電的嗎？

譚曜磊握住滑鼠輕輕移動了幾下，筆電立即解除休眠狀態，螢幕亮起，畫面跳出女兒稚嫩的面孔。

他一下子就認出，那是小蒔九歲時參加學校歌唱比賽的影片，他把這個影片檔存放在筆電的桌面，不時打開觀看。

儘管已經看過這支影片不下數千遍，譚曜磊仍舊忍不住伸手按下播放鍵，讓女兒優美清亮的歌聲迴盪在客廳裡。

如果風停了　樹就不歌唱了
如果燈亮了　星星就不來了
如果　如果
如果你在笑　我就不傷心了
如果你在尋　我就會等你了
如果你在看　我就在這裡了
我就在這裡了

有一瞬間，譚曜磊覺得蕭宇棠是故意要他再看一次這支影片，才讓影片停在這裡，卻又想或許她只是好奇點開，看到一半就中途離去。

希望不是臨時出了什麼事。

闔上筆電，他嘆了一口長氣。他還有很多事來不及向蕭宇棠問清楚。像是爲什麼要讓警政署長得知她還活著，以及她究竟要怎麼讓吳德因說出余寧寧的下落？

以他對蕭宇棠的了解，他相信蕭宇棠會信守承諾，她這次做出的計畫，應該不再包括與吳德因同歸於盡；而他也不會乾坐在家裡，他也要繼續查探出傅臻死亡的眞相。

就在這時，夏沛然打了電話過來。

他才一接起，便聽夏沛然劈頭問道：「譚叔叔，您明天本來預計要去台中接瑞瑞學妹回德役對吧？能不能請您跟瑞瑞學妹和吳校長說，你明天臨時有事，不方便過去？」

「怎麼了嗎？」譚曜磊心中一凜。

夏沛然也不明所以，聳了聳肩，解釋道：「今天馮阿姨聯繫我，說她有事想和我當面聊，希望我明天過去台中一趟。奇怪的是，她還強調不要讓瑞瑞學妹和校長知道她對我提出這個要求。雖然不明白她是何用意，但我還是答應了。只是如果要去這一趟，我需要一個正當的理由，如果你臨時有事，無法去接瑞瑞學妹，我就可以主動請纓，提出讓我家司機開車接她回德役，然後我順便同行。」

譚曜磊一口答應，隨後依照夏沛然的指示，撥打電話給馮瑞軒和吳德因。

隔天下午，夏沛然把馮瑞軒送回德役宿舍後，來到譚曜磊的住處。

譚曜磊打開家門，看見獨自站在門外的夏沛然，馬上讓他進屋。

「我找了藉口溜出來，不能在你這裡待太久，大概半小時就得離開。」夏沛然一坐下就說。

「沒問題，瑞軒的媽媽找你做什麼？」

聞言，夏沛然的神情轉爲嚴肅，譚曜磊頓覺有異。

「馮阿姨問我，知不知道康旭容是誰？」

譚曜磊一時沒能掩飾住心頭的震驚，瞳孔微微瞠大。

夏沛然繼續往下說：「當下我也被嚇到了，還問馮阿姨，她問的是不是德役那位校醫？馮阿姨回答就是他，她想打聽康旭容三年前離開德役的原因。我不好透露眞相，只先對她說，謠傳康旭容當年是和宇棠姊私奔才會離開德役，並提到瑞瑞學妹也聽說過這個傳聞。」

「所以是瑞軒告訴她的？」

「不是這樣的。」夏沛然深吸了一口氣，「我問馮阿姨爲什麼會想打聽這件事？馮阿姨說，康旭容失蹤前，他們曾見過面，還約好之後要商談某件事，但康旭容卻就此失聯。馮阿姨上德役的官網查看，發現康旭容已經被除名，所以想知道康旭容那時候是不是出了什麼意外？」

聽到這裡，譚曜磊微微挑眉，「倘若瑞軒的母親想查明康旭容出了什麼事，大可直接詢問吳德因，她卻沒有這麼做。瑞軒的母親或許並不像我們以爲的那般信任吳德因。」

「對，我懷疑馮阿姨說不定早就知道瑞瑞學妹身上的祕密。」夏沛然點點頭，顯然也深有同感。

「我今天會去袁醫師那邊一趟，順便問他知不知道康旭容先前曾私下與瑞軒的母親碰面。這件事先別告訴瑞軒，免得她擔心。」譚曜磊沉吟道，接著又問：「瑞軒的母親還有對你說什麼嗎？」

「馮阿姨說很抱歉讓我爲了救出瑞瑞學妹而遭受嚴重燒傷，要我以後別再爲了瑞瑞學妹如此奮不顧身，她不想再看到我落入險境。」夏沛然歪著腦袋思索，「我怎麼想都覺得她這番話很奇怪。瑞瑞學妹也說，馮阿姨最近有點不對勁，她無意間聽到，馮阿姨在電話中向校長謊稱我先前未曾去往台中探視瑞瑞學妹。」

夏沛然把馮瑞軒提到的，那些馮母這陣子以來的異常言行，全都鉅細靡遺向譚曜磊轉述一遍。

「馮阿姨應該是知道什麼了吧？譚叔叔你覺得呢？」

譚曜磊心中百感交集，「我也不能肯定。不過康旭容當年去找瑞軒的母親，應該是爲了讓瑞軒離開吳德因，或者起碼對吳德因產生戒心，而康旭容勢必至少得透露部分眞相，才能說服瑞軒的母親。」

「沒錯吧？可是問題來了，假如我們剛剛的推論屬實，馮阿姨怎麼還會放任瑞瑞學妹和校長這般親近？甚至三年前答應瑞瑞學妹轉去德役念書，現在還要瑞瑞學妹繼續留在德役，反對她轉學回到台中？這實在很不合理，不是嗎？」平時總是從容不迫的夏沛然，難得流露出一絲不安，「在這種關鍵時刻，忽然發生這樣的插曲，我有點不曉得該如何應對。」

「關於這件事，我會和袁醫師討論，你先不要管，只要好好陪伴在瑞軒身邊就夠了，明白嗎？」譚曜磊正色道。

「明白，那就拜託譚叔叔了。」夏沛然正要起身離開，忽然停下動作，莞爾一笑，「雖然不是什麼重要的事，但我還是想跟譚叔叔說一聲，我和瑞瑞學妹開始交往了。」

譚曜磊雖然訝異，卻又不太意外，畢竟夏沛然和馮瑞軒這一路上的相互扶持，他都看在眼裡，如此發展也在情理之中。

只是……

「沛然，你有聽說赤瞳者在施打綠苗後，會有什麼後遺症嗎？」

夏沛然一愣，搖搖頭，「施打綠苗會有後遺症？」

「別多想，我也只是隨口問問。」譚曜磊面不改色說完，拍拍夏沛然的肩膀，「時間差不多了，你快回去吧，以免其他人起疑。」

送走夏沛然，譚曜磊站在門邊，苦澀地嘆了一口氣。

原來蕭宇棠和袁醫師並未將施打綠苗的後遺症告訴夏沛然和馮瑞軒，倘若他們得知綠苗可能會使赤瞳者失去大多數的記憶，想必會很難承受吧？

譚曜磊沒有時間沉浸在感傷裡，他馬上聯絡袁醫師，表明自己將在一小時後動身前往對方的住處。

袁醫師來應門時，那隻叫歐比的黑色柴犬乖巧地跟在他的腳邊。

「定寰呢？」譚曜磊問。

「在房間睡覺，他睡了十七個小時還沒醒。」

「怎麼還睡這麼長時間？」譚曜磊傻住，「定寰不是不再使用異能了？」

「沒錯，但就如我上次說過的，定寰體內的紅病毒不會就此停止進化，對他造成的反噬也會逐步加深，再這樣下去，他可能等不到施打綠苗，隨時會一睡不醒。」袁醫師愁眉不展。

譚曜磊馬上說：「宇棠前幾天來找過我，她答應施打綠苗了。」

得知蕭宇棠改變心意，袁醫師眼底的陰霾一掃而空，激動得連嗓音都帶著一絲顫抖，「謝謝你，譚先生，眞的謝謝你！」

「別謝我，這不是我一個人的功勞，更多得要歸功於她弟弟的親情喊話。」譚曜磊不敢居功，接著將夏沛然今日所言，全數轉告袁醫師知曉，並問袁醫師是否曾聽康旭容提起他去找過馮瑞軒的母親。

袁醫師面露詫異，「旭容沒跟我提過這件事，旭容三年前終於從吳德因那裡得出余寧寧的下落後，就要史密斯去帶走定寰，他自己負責帶走瑞軒和余寧寧。當時旭容沒有透露太多細節，只說他已經安排妥當，等宇棠從離島回來，他會先把宇棠送到我這裡，再去接另外兩個孩子。」

「照您這麼說，康旭容當年很可能確實去找過瑞軒的母親，並徵得她的同意，讓他帶走瑞軒？」

「嗯，旭容不是那種會說虛話的人，他既然這麼說，表示他有把握能接走瑞軒和余寧寧。」袁醫師嘆了口氣，「可惜計畫敗露，旭容先落入了吳德因手裡，史密斯爲了趕去救旭容，錯失帶走定寰的良機。」

「史密斯本來打算怎麼帶走定寰？」

「定寰和吳德因同住，旭容私下買通吳德因家中的傭人，在定寰的飲食裡下藥，使其昏睡，屆時再放史密斯進屋將定寰帶走。」

「假使瑞軒的母親早就知道吳德因的眞面目，爲何還會選擇讓瑞軒繼續留在德役？我們是否該找瑞軒的母親談談？」譚曜磊皺眉。

「先別這麼做。目前這都還只是我們的猜測，如非必要，切莫打草驚蛇，就算想查清楚，也不必急於一時。」袁醫師沉聲道。

「您說得對。」譚曜磊被說服了，「照這麼推論，康旭容當年應該也跟照顧余寧寧的人談好了。」

「是啊。」袁醫師突然話鋒一轉，「對了，關於傅臻的死，你有查到什麼嗎？」

「嗯，吳德因收買了媒體及當時遊覽車上的乘客，才讓他們對傅臻的存在三緘其口，其他的我會再繼續追查下去。」

雖然譚曜磊這麼說，但其實他也還沒想到下一步該怎麼做。

離開袁醫師的住處，譚曜磊再次來到那個高級社區，走進位於社區對面的便利商店，坐在窗邊陷入沉思。

一個小時後，忽然有一名青年主動上前跟他搭話。

認出對方是社區主委劉凱豐的兒子，上次有過一面之緣，譚曜磊馬上請他坐下。

「我聽我爸說，您在找當時遊覽車上失蹤的八歲男童？」青年眼神透出好奇。

「是的，當時車上確實有這麼一個小男孩，對吧？」譚曜磊出言試探。

青年略顯侷促不安地反問：「你是警察嗎？要是我回答你的問題，我爸是否會惹上麻煩？」

「我曾經是警察，不過現在已經退休了，會想調查這些只是出於私人理由，不會害你父親惹上麻煩的，還請放心。」譚曜磊望向青年的眼睛，誠懇地做出保證，「我叫譚曜磊，請問先生怎麼稱呼？你應該還在念大學吧？」

「嗯，我叫劉天澄，今年大三。」似是被譚曜磊的誠懇所打動，劉天澄終於鬆口承認，「當年確實還有一名八歲男童在遊覽車上。不知道爲什麼，發生車禍後，我爸突然交代我和弟弟不准把這件事說出去。上次您來找過我爸後，我聽見他跟我媽談起這件事，便偷偷去問我媽。我媽一開始不肯說，後來才告訴我，當年有人給了遊覽車上所有乘客一筆錢，要大家絕口不提那名八歲男童的存在。那名男孩後來怎麼了？他還好嗎？」

「他因為那場車禍過世了。」譚曜磊坦言相告。

劉天澄表情震驚，喃喃道：「怎麼會這樣？真可憐。」

「所以你並不知道那名男孩是誰？」

「嗯，那天是我第一次見到他，我們共同參加社區舉辦的旅遊活動，他坐在某個住戶的親戚旁邊。」

「住戶的親戚？是女的嗎？」

「是，我對他們印象很深，我和我弟弟的座位就在他們旁邊，中間只隔著一條走道。」

「那個女人和那名男孩是祖孫關係嗎？」

劉天澄毫不猶豫便答：「絕對不是，那個女人大概三十歲出頭，以年紀來看，說兩人是母子倒也說得過去，但實際上並非如此。」

此時譚曜磊已能肯定，那個女人不是吳德因。

「你怎麼能確定？你認識那個女人嗎？」

「那個女人叫房蕙林，蕙質蘭心的蕙，森林的林。其實我不算認識她，她姑姑住在我們社區，我只是聽我媽和房蕙林的姑姑多次聊起過房蕙林的事。房蕙林當時失婚，唯一的孩子又不幸過世，房阿姨爲了讓她打起精神，才要她代替自己參加那次的旅遊團。」

「那房蕙林和那名男孩是什麼關係？」

「我不知道，應該也是親戚吧。房阿姨在小兒子結婚後，跟著小兒子夫婦搬到國外定居，就算想打聽也沒有管道。」劉天澄聳聳肩，「我一直記掛著那個男孩，也很好奇你爲什麼在事隔多年之後，找上我爸探聽那個男孩，剛剛無意間看到你坐在便利商店裡，所以才會忍不住過來找你攀談。」

「謝謝你，你幫了我大忙。」譚曜磊感激道，「車禍當年你幾歲？」

「十二。」

「你還記得那個男孩或是房蕙林的長相嗎？」

「不記得了，不過家裡好像還有當時出遊拍攝的照片，說不定有拍到他們兩個人。」

譚曜磊爲之振奮，「可不可以讓我看看那些照片？」

劉天澄馬上拿出手機，撥了通電話給人在家裡的弟弟劉天浠。

二十分鐘後，便利商店的自動門打開，一名和夏沛然年紀相仿的少年走到劉天澄身邊，把一本相簿遞過去，嘴上抱怨道：「沒有團體照啦，只有一些我們自己家人的合照。」

說完，劉天浠打量了下譚曜磊，彎腰附在哥哥的耳邊悄聲說：「你有跟他說那件事嗎？」

「又不會有人相信，說了幹麼？」劉天澄撇撇嘴。

譚曜磊聽見了，連忙開口：「你們說的是什麼事？」

劉天浠看了哥哥一眼，見劉天澄沒有阻止的意思，便訕訕道：「喔……發生車禍的時候，我和我哥目睹一件很不可思議的事，後來跟我爸媽說起，他們都認爲我們只是驚嚇過度，才會產生幻覺。」

「可以跟我說說，你們當時看到了什麼嗎？」

在譚曜磊的堅持下，劉天澄說出當年車禍的經過。

事發當時，整台遊覽車因煞車失靈而失控，眼看即將衝撞山壁，車上所有的乘客不知爲何竟突然全數昏厥過去。

劉天澄和劉天浠這對兄弟最先清醒過來，眼前所見風雲變色，已經停下的遊覽車玻璃窗碎裂，前方車體更被撞得扭曲變形。

兩人聽見右側傳出喘息聲，一起側頭望去，只見那名八歲男童，半睜著一對紅色眼瞳癱倒在座位上，渾身都是鮮血，無數玻璃碎片漂浮在他周圍的半空中。

兄弟倆被這詭異的一幕嚇得動彈不得，直到男孩無力地闔上眼睛，那些玻璃碎片便如雨一般驟然落在地面上，其他乘客才陸續恢復意識。

沒人知道整車的乘客爲何明明只受到輕傷，甚至根本毫髮無損，卻突然同時不省人事？又爲何只有那名男孩傷得如此嚴重？救護車將男孩帶走後，從此消息全無，眾人也被下達了封口令，此後不再提及。

「您一定不相信會有這種事吧？」劉天澄沒什麼底氣地問。

「不，我相信。」譚曜磊回答。

那名男孩百分之百是傅臻，他心裡不再懷疑。

「我和我弟當時用我爸的相機，拍了幾張照片。」劉天澄翻開相本查看，抽出其中一張照片，「有了，這張有拍到他們。」

譚曜磊馬上接過，照片的主角是咧嘴微笑、手上拿著巧克力棒的劉天浠，應該是劉天澄爲弟弟拍的。劉天浠的背後，隔著走道坐著一名長頭髮的年輕女子，和一個戴著漁夫帽的小男孩。

那名女子正笑著拿面紙替小男孩擦拭嘴巴。

譚曜磊緊盯著女子的面容許久，「房蕙林後來怎麼樣了？」

「她在那場車禍之後失蹤了。」

「什麼？」譚曜磊猛地看向劉天澄。

「聽說她在車禍的隔天就人間蒸發，家人完全聯繫不上她。很詭異吧？」劉天澄神祕兮兮地說，像是很滿意自己的話所造成的效果。

譚曜磊愕然地將目光移回照片上，不由得心跳加速。

他有股強烈的直覺，房蕙林在傅臻死亡後跟著失蹤，絕非巧合。

房蕙林很可能和吳德因有著非常密切的關係。

第七章

譚曜磊向劉家兄弟要了那張有房蕙林和傅臻的照片，顧不得才從袁醫師的住處離開不久，又再度造訪。

袁醫師看著照片沉默良久，嚴肅開口：「譚先生，我和你有同樣的想法。」

「極有可能房蕙林就是受吳德因之託，負責照顧余寧寧的人。」譚曜磊立刻接話。

「譚先生，拜託你繼續追查下去，只要能有最後一名赤瞳者的消息，就有很大的機會說服總統通融，讓定寰他們提前施打綠苗。」袁醫師眼眶一下子濕潤，低喃了一句，「感謝上帝。」

就在這時，睡眼惺忪的王定寰抱著歐比走出房間。

「定寰，你醒了？睡這麼久一定餓了吧？」袁醫師愛憐地摸摸王定寰的頭，急忙走進廚房幫他準備些吃的。

譚曜磊向王定寰招手，示意他坐到身旁，「還想睡嗎？」

「一點點。」王定寰眨眨沉重的眼皮，一臉無精打采，「我變得好奇怪，好像怎麼睡都睡不飽，每天清醒的時間好少，沒有辦法好好餵歐比吃飯，也不能陪歐比玩。」

譚曜磊注意到王定寰原本圓潤的雙頰都凹進去了，心中泛起一絲心疼，「沒關係，袁爺爺會幫忙照顧歐比。你最近身體有沒有哪裡不舒服？」

「沒有，只是會不斷聽到一個聲音。」

「什麼聲音？」

「女人的聲音。睡覺的時候，我聽到有個女人在跟我說話。」

「哦？那女人說了什麼？」譚曜磊認爲王定寰應該只是在作夢。

「叫我停下來，快點醒過來。」

譚曜磊漸漸覺得有點怪異，「你認得出是誰的聲音嗎？」

王定寰搖頭，低頭將半張臉貼緊手上抱著的柴犬。

譚曜磊又問：「你從什麼時候開始聽見這個女人的聲音？」

「一直都聽得見。以前每次我使用異能就會聽到，現在連睡著都能聽見，而且好像愈聽愈清楚了。」王定寰嘟囔道。

此時，袁醫師已經熱好飯菜，王定寰吃完陪歐比玩了一會兒，才在大人的催促下，不太情願地走進浴室洗澡。

譚曜磊趁機向袁醫師提起此事，孰料袁醫師不僅早就知情，還認為王定寰聽到的是蕭宇棠的聲音。

「其實這只是我的推論，尚未向宇棠求證，不過我會這麼推論，也是有原因的。」袁醫師解釋，「研究紅病毒至今，有太多證據證明，任何有違常理的事都可能發生。定寰過去動用異能陷入失控狀態之際，卻三番兩次在造成更大傷亡前及時恢復神智，應該是這個女人的聲音起了作用。宇棠和他接受了同一位紅病毒感染者的器官移植，或許他們之間存在著某種科學難以解釋的連結。」

「這麼說來，瑞軒身上也有這種連結？」譚曜磊擰眉。

「似乎還沒有，我也不希望她有。如果哪天她和宇棠之間出現了這種連結，就表示她的異能進化，反噬情況也加重了。」袁醫師嘆了口氣，「宇棠意志力強，能夠自我控制異能，但差不多也到了極限。得知她弟弟對她的情感與支持，對她助力相當大，我相信她會堅持到最後一刻。」

譚曜磊卻持反對意見，「我不希望她再繼續堅持下去，既然已經查出房蕙林這個人，差不多可以讓宇棠停手了吧？」

「前提是我們的推論得都是真的，房蕙林確實是受吳德因之託照顧余寧寧。然而即便如此，依宇棠的個性，她必然會追查出房蕙林的下落才肯罷休，好讓你順利接手找到余寧寧。」

譚曜磊無法反駁，默默陷入沉思。

這時王定寰洗完澡回到客廳，一張小臉被熱氣蒸得紅撲撲的，很是可愛。

袁醫師旋即話鋒一轉：「譚先生，定寰的生日快到了。」

「哦？是哪一天呢？」聽到日期，譚曜磊頗爲意外，「原來定寰和我同一天生日。」

「這麼巧？定寰，我們一起爲譚叔叔準備生日禮物好嗎？」袁醫師向王定寰提議，看向他的目光充滿慈愛。

「好。」王定寰高興地坐回譚曜磊身邊，很快又呵欠連連，最後直接頭枕在譚曜磊膝上，再度沉沉睡去。

袁醫師的面容浮現哀傷，「譚先生，相信你也看得出來，定寰清醒的時間愈來愈短，有時與歐比玩著玩著，便突然間昏睡過去。紅病毒應該已經入侵他的腦部，現在的他，隨時都有可能一覺不醒。」

譚曜磊指尖冰冷，說不出一句話。

「逮捕吳德因的日期定在定寰的生日之前，要是能順利逮捕吳德因，讓我們在定寰接受治療之前，對他說聲生日快樂，那就好了。」袁醫師憐惜地用指頭輕輕摩娑王定寰稚嫩的臉頰。

「是啊。」

譚曜磊凝視男孩天眞的睡顏，鼻頭微酸。

✦

李哲急匆匆找上門那天，譚曜磊才得知蕭宇棠已經開始行動了。

「隊長，蕭宇棠還活著！」李哲劈頭就說。

「你怎麼知道？」譚曜磊故作懷疑。

「署長告訴我的，他沒透露太多細節，總之蕭宇棠確實還活著！」

譚曜磊反應冷淡，「所以呢？」

「隊長你不驚訝？」

「我幹麼要驚訝？我早就說過不再插手此事，而且明明一通電話就能解決的事，你何必特地跑一趟？你該不會是想著既然蕭宇棠沒死，或許會來找我，所以過來探探風聲吧？如果蕭宇棠現身，剛好可以把我一起抓進警局。」

「當然不是！」李哲矢口否認。

「署長沒這麼交代你？」譚曜磊覷他一眼。

「沒有，就算有，我也不會照辦。」李哲答得斬釘截鐵。

譚曜磊不禁猜測，蕭宇棠很可能再度向羅署長施加威脅，否則一旦羅署長得知蕭宇棠並未身亡，必然會追究他過去私下相助蕭宇棠之舉，爲他安上共犯的罪名。

「既然如此，那你過來幹麼？道不同不相爲謀，我就不留你了。」

「隊長，你眞的不想再當警察了？只要你願意，署長一定很歡迎你回去。赤瞳者的存在攸關世人安危，你就這麼縮手不管？現在只有你才有辦法透過蕭宇棠，找出其他的赤瞳者！」李哲著急道。

譚曜磊冷笑，「你怎麼會以爲蕭宇棠還會信任我？當初是我要你過來碼頭會合的，而你一過來就朝她開槍，她中槍後失足墜海，難道她不會認爲是我和你計畫好的嗎？託你的福，往後我都得過著提心吊膽的生活，提防蕭宇棠前來尋仇，我還想請警方保護我呢！你要幫我嗎？」

李哲尷尬不已，一張黝黑的臉脹得通紅。

「今後你不要再過來找我，有事電話聯絡就行。我只想平靜過日子，不想再跟赤瞳者扯上關係，明白嗎？」

「我明白了。」

李哲落寞地說完，正要離開，譚曜磊叫住了他。

「對了，關於其他的赤瞳者，你有查出什麼嗎？」

「沒有，我提出要針對德役的學生進行調查，署長不但不允許，還大發雷霆。雖然這麼說很不應該，但如今我眞有點慶幸蕭宇棠還活著，否則我早就玩完了。」李哲苦笑。

「署長爲什麼不允許？」

「署長說我沒有提出足夠的證據，這麼做簡直是胡來。在我看來，這不過是藉口，他分明是不想得罪吳校長。」李哲半是憤慨半是嘲諷地說，接著像是忽然想起了什麼，問道：「隊長，你之前是不是有受吳校長之託，保護一名遭受死亡威脅的國中女生？」

譚曜磊不動聲色反問：「你怎麼知道？」

「江局長說的呀，你忘了當初是我跟他一起來找你的嗎？他說你本來堅持不肯接下這項任務，但後來還是答應了。」

「那名女學生年紀和我女兒一樣大，我於心不忍，就答應了，後來威脅那名女孩的犯人也抓到了。」譚曜磊稍微更改了些事實。

「聽說犯人是德役高中部的學生。」李哲語氣帶著一絲佩服，「隊長，你辦案的能力眞的很強，想必吳校長一定很信任你吧？今後再有類似的事，也許她還會請你出手。」

譚曜磊敏銳地察覺李哲的話裡似乎有另一層意思，忍不住問道：「吳校長又委託警方什麼事嗎？」

「應該沒有，至少我沒聽說。怎麼了？」李哲否認。

譚曜磊停頓幾秒，才冷硬地開口：「沒什麼，你可以走了，以後別再過來了。」

「那我打電話給你，你會接吧？」

面對李哲帶著求懇的眼神，譚曜磊無奈點頭。

李哲離開後，譚曜磊坐在客廳思索方才與李哲的談話內容。

對吳德因而言，王定寰已經失蹤超過一個月，然而先前他與吳德因通電話時，吳德因說話的語氣依舊優雅從容，彷彿並未感到煩憂，李哲也像是對此事一無所知。

難道在察覺王定寰「失蹤」後，吳德因沒有請警方協尋王定寰？

也不是沒有這個可能。

倘若警方找到王定寰，王定寰身爲赤瞳者一事有極高的機率會曝光，收養他的吳德因將很難推托自己毫不知情。譚曜磊思忖，如果自己是吳德因，在通盤考慮後多半也不會讓警方插手此事。

既然如此，那麼吳德因究竟透過什麼方式找人？

她眞的有在找王定寰嗎？

譚曜磊眉頭緊皺，一股不知從何而來的不安湧上心頭。

兩天後，譚曜磊接到夏沛然打來的電話。

「譚叔叔，昨天袁叔叔告訴我，你不僅找出傅臻死亡的眞相，還找到帶走余寧寧的嫌疑人，你太厲害了，不繼續當警察，絕對是國家的損失！」夏沛然大力送上對譚曜磊的誇讚。

譚曜磊不禁莞爾，「運氣好罷了。瑞軒她好嗎？」

「我打這通電話就是爲了瑞瑞學妹，你這週日可以來我家一趟嗎？」

「你家？」

「對，瑞瑞學妹說有重要的事情要當面說，約你們來我家坐坐是個好藉口，就算校長知道了，也比較不會起疑。」

譚曜磊馬上一口答應。

夏沛然住在河濱公園附近，是一幢獨棟豪宅，建築精緻華美，從客廳大片落地窗望出去一片蓊鬱綠意，充滿大自然的氣息，感覺不到屬於都市的喧囂。

將三人份的茶點端上桌，夏沛然在沙發坐下，「我爸媽有事出去了，吃完晚飯才會回來。我們可以暢所欲言，譚叔叔先開始好嗎？」

「好。」譚曜磊清清喉嚨。之前在電話裡，他和夏沛然說好，先不告訴馮瑞軒她的母親曾經見過康旭容，只告訴她傅臻死亡的眞相，以及房蕙林的存在。

不料馮瑞軒竟一點也不意外，坦言道：「其實我已經知道了。」

聞言，譚曜磊扭頭看向夏沛然，夏沛然卻連忙搖頭，表示不是他說的。

「是袁醫師告訴妳的？」譚曜磊問。

「不，是宇棠姊姊。」

望著兩人驚訝的面容，馮瑞軒娓娓道來：「從台中返回德役的那天晚上，有人打電話到沛然學長給我的那支新手機，並且沒有顯示來電號碼，起初我不想接，但對方一直不肯掛斷，我猶豫了好久才決定接起，沒想到竟然是宇棠姊姊。」

「沛然，你有把瑞軒的新號碼告訴宇棠？」譚曜磊的目光落向夏沛然。

「嗯，我發過訊息給宇棠姊，想說以防萬一，沒想到宇棠姊這麼快就透過這組門號聯繫瑞瑞學妹，以往她都是透過我居中傳達……」夏沛然也一臉意外，扭頭問馮瑞軒，「宇棠姊在電話裡跟妳說了什麼？」

馮瑞軒緩緩答道：「宇棠姊姊希望由我去向德因奶奶套話，讓她說出余寧寧的下落。我答應了，也開始行動了。很抱歉現在才跟你們說。」

蕭宇棠口中說的最後辦法，竟是直接將馮瑞軒推上火線？譚曜磊震驚之餘，一時有點難以接受，連忙追問：「妳是怎麼行動的？會不會有危險？要是被吳德因發覺怎麼辦？」

「對不起，譚叔叔，我還不能說，等到時機成熟，我再告訴你們。這段期間，宇棠姊姊也同時展開行動，她打電話到宿舍舍監那邊說要找我，我跟德因奶奶說了這件事，讓她以為宇棠姊姊打算與我接觸。」

譚曜磊瞠目結舌，「那吳德因有什麼反應？」

「她要我在宇棠姊姊再一次打電話給我的時候，多跟她聊聊，看看她有何企圖。」

譚曜磊和夏沛然互望一眼，都在對方眼中看見了錯愕。

先不論蕭宇棠的最終計畫是什麼，吳德因得知蕭宇棠與馮瑞軒接觸，竟不是立刻阻止，而是鼓勵馮瑞軒繼續，這令譚曜磊惴惴不安，隱隱覺得有哪裡不太對勁。

「瑞軒，妳不把話說清楚，我很難讓妳放手去做。就算這是宇棠的安排，我也無法同意。」譚曜磊沉聲道。

「我也這麼想。」夏沛然正色附和。

「定寰的時間不多了吧？」馮瑞軒淡淡的一句問話，令兩人霎時語塞。「宇棠姊姊告訴我，定寰的情況非常危急，可能撐不到德因奶奶被逮捕的那一天。我一定不能讓這種事發生，我會努力在兩週內查探出余寧寧的下落。」

「瑞軒，我很明白妳的心情，可是……」

「譚叔叔，宇棠姊姊爲了保護我和定寰吃了那麼多苦，現在該是我回報的時候了，況且助她一臂之力，也是在幫我自己，早點找出余寧寧，就能早日接受治療，不是嗎？我保證我會小心，更不會動用異能。所以請你們支持並相信我和宇棠姊姊共同的決定，好不好？」

譚曜磊和夏沛然無計可施，只能勉強同意。

三人又交換了一些訊息，約莫半小時後，馮瑞軒和譚曜磊差不多準備離開，來到玄關處時，馮瑞軒忽然拉住譚曜磊的衣袖。

「譚叔叔，您還有時間嗎？我想單獨跟您聊聊。」

譚曜磊越過馮瑞軒的頭頂，與夏沛然四目相接，夏沛然不以爲意道：「韓宗珉早已落網，校長暫時沒有正當理由限制瑞瑞學妹的行動，只要在規定時間內返回學校，應該不會有事。」

於是譚曜磊和馮瑞軒去到附近的河濱公園，沿著河畔散步。馮瑞軒始終低垂著頭，一語不發。

「妳想找我聊什麼？」譚曜磊主動打破沉默。

馮瑞軒遲疑片刻才開口：「譚叔叔，聽說您有一個年紀跟我一樣大的女兒。」

「是啊，她叫小蒔，已經過世了。」譚曜磊坦言。

「您一定很痛苦。」

「當然了，心愛的孩子死去，做父母的怎麼可能不痛苦？」譚曜磊察覺到馮瑞軒懷有心事，放柔了語氣，「瑞軒，妳想問譚叔叔什麼儘管問，我能回答的一定會盡量回答。」

馮瑞軒深吸一口氣，輕聲說：「怎麼做才可以讓失去孩子的父母……比較不那麼痛苦？」

譚曜磊一聽便明白了。

「妳擔心自己施打綠苗後，可能會醒不過來，妳父母會很傷心？」譚曜磊停下腳步，看向馮瑞軒，「比起自己醒不過來，妳更害怕父母爲此傷心？」

她用力搖頭，眼眶泛紅。

「不是這樣的，譚叔叔。」馮瑞軒話聲顫抖，卻仍堅持把話說完，「我當然很害怕自己會就這麼死去，可是，譚叔叔，如果德因奶奶沒有把她孫子的肺臟捐給我，我早就死了，不可能繼續陪在爸媽身邊，更不可能有機會遇見沛然學長和您。我不感謝德因奶奶，卻也做不到對她滿懷仇恨之心。這樣的我，是不是很自私？明明我先前害死了那麼多人，然而只要想到因爲我的康復而萬分喜悅的爸媽，還有和定寰、沛然學長在一起的這段時光，我就怎樣也無法發自內心說，如果當時沒有接受器官移植手術就好了……」

見馮瑞軒泣不成聲，譚曜磊上前攬住她的肩膀。

「瑞軒，妳想活下去，這個想法並沒有錯，無須爲此抱持罪惡感。有錯的人是吳德因，她不該罔顧人命，只爲滿足個人私欲。」譚曜磊寬慰她，「妳父母在得知眞相之後，傷心無可避免，但他們必然會耐心等妳醒過來，絕對不會輕言放棄；如果是我，不管要花多少年，我都會等下去，這就是做父母的心情。而且袁醫師都說了，妳體內病毒反噬的情況並不嚴重，痊癒的機率相當高，妳一定會平安無事的。」

「謝謝您，譚叔叔。」馮瑞軒吸吸鼻子，漸漸止住哭泣，「跟您聊過後，我心情好多了。其實我也知道我爸媽一定會等我醒來，只是我特別擔心我媽媽，我怕她會又一次哭得傷心欲絕。」

聽馮瑞軒提起馮母，譚曜磊忍不住想多問幾句，「又一次？上次是在妳生病的時候嗎？」

「不是，生病的時候我年紀太小，很多事都記不太清楚了，我說的是發生在近幾年的事。那是我第一次看見媽媽哭得那麼傷心，印象很深刻，不過我到現在還是不曉得原因。」馮瑞軒微微皺眉，小聲說。

譚曜磊腦中閃過一個念頭，問：「大概是幾年前的事？」

「三年前的冬天，當時我念小學六年級。」

那是康旭容從德役帶走蕭宇棠的那一年。

壓下內心的激動，譚曜磊面不改色道：「可以告訴我當時的情形嗎？」

馮瑞軒點點頭，「那天是假日，平時媽媽相當注重我的飲食，那天卻十分反常地說要帶我出去吃蛋糕。路上她一直在掉眼淚，我問她怎麼了？她笑著回我說沒事，眼淚卻仍然繼續掉個不停。媽媽從頭到尾都沒有哭出聲音，我卻覺得那是她哭得最傷心的一次。」

譚曜磊不禁屏住呼吸，「後來呢？」

「後來去到餐廳裡，媽媽一邊安靜落淚，一邊看著我吃蛋糕。我們在餐廳裡坐了好幾個小時，直到我再也坐不住，吵著回家，媽媽才終於帶著我離開。媽媽始終不肯告訴我她怎麼了，爸爸也說他沒有跟媽媽吵架。」

譚曜磊這次隔了許久才再次出聲：「瑞軒，妳願意現在就讓妳媽媽知道眞相嗎？」

馮瑞軒愣住了，認眞思索了一分鐘後，她搖了搖頭，堅定道：「我希望等到德因奶奶被捕之後，再告訴她和爸爸。現在我最該做的事，是爲定寰爭取一線生機。」

「好。」譚曜磊深吸一口氣，「有任何需要，隨時通知我。」

「謝謝。」馮瑞軒深深地看了他一眼，「譚叔叔，您有想要守護的人嗎？」

「有啊，就是妳和定寰。」

「宇棠姊姊呢？」

譚曜磊頓了下，彷彿有一抹別樣情緒從他眼底閃過，「當然也包括她。」

馮瑞軒別有深意地說：「有人曾經告訴我，只要有了不惜一切都想要守護的對象，自然會努力讓自己變得強大起來。此刻，譚叔叔應該也有了這麼一個對象，對吧？」

譚曜磊啞然，不太明白她想表達什麼。

「起初我不懂，直到我也有了不惜一切都想要守護的對象，才理解這句話是什麼意思。這樣的心情，我相信譚叔叔也有，所以到了『結束的那天』，希望您能夠支持我，並且幫助我。」

「妳要做什麼？」譚曜磊警覺心起。

「屆時您就知道了。請譚叔叔別將今天的對話告訴任何人，拜託您了。」

譚曜磊無法抗拒馮瑞軒眼中殷切的求懇，過了半晌，他艱難地點了下頭。

馮瑞軒輕輕一笑，邁開步伐前行。

譚曜磊沒有移動腳步，只是凝視著她挺直的背影。

馮瑞軒說出最後那段話時，眼神和語氣與之前截然不同。

像是變了一個人。

第八章

在短短一個星期內，馮瑞軒就收到舍監室三次通知，說有人打電話過來找她。打電話過來的自然是蕭宇棠，馮瑞軒會假裝和她聊十分鐘，舍監則是坐在一邊若無其事地做自己的事。馮瑞軒知道，舍監始終豎起耳朵旁聽她與蕭宇棠的通話內容，等她一離開，舍監便將通報吳德因。

隔天早上，馮瑞軒則會抽空去往校長室，主動告知她與蕭宇棠前一晚在電話裡聊了些什麼。

到了第五次，吳德因在聽聞馮瑞軒說出某句話時，停下了舉起杯子的手。

「蕭宇棠想見妳？」吳德因的聲音波瀾不興。

「對，她說我要找的人在她那裡，只要我同意跟她見面，她就會讓我見那個人。」馮瑞軒故意露出迷惑的神色，「德因奶奶，她說的那個人是定寰嗎？難道定寰在她手裡？」

「那妳怎麼回答？」

「我第一個反應想拒絕，可是又想起德因奶奶的囑咐，您要我問出她的意圖，所以我便說我要考慮一下，下次再答覆她。」

「妳做得很好。」吳德因揚起滿意的微笑。

「那……接下來我該怎麼做？」馮瑞軒眼中浮現焦慮，「德因奶奶到底爲什麼要我跟蕭宇棠通電話呢？今後還要繼續下去嗎？蕭宇棠爲什麼要接近我？她會不會和韓宗珉一樣，企圖要傷害我？我眞的很不安……」

「妳說得對，爲了妳好，該讓妳知道眞相了。」

「眞相？」

吳德因放下茶杯，挺直腰桿，緩緩吸一口氣，「瑞軒，定寰應該就是被蕭宇棠帶走的。」

「什麼？她爲什麼要帶走定寰？」馮瑞軒大驚。

「正如蕭宇棠所言，我確實過去跟她很親近，也很信任她，所以我告訴過她很多事，包括定寰身上的異能；從那之後，她就一直想見定寰，但我始終沒有同意，導致宇棠對我心生不滿，將這個祕密告訴別人，並企圖夥同對方搶走定寰。」吳德因不疾不徐道。

「她把這個祕密告訴了誰？」

「德役的前任校醫，康旭容。宇棠本來是個乖巧溫柔的孩子，可惜被康旭容所迷惑。康旭容心術不正，野心勃勃，得知定寰身負異能後，便千方百計想得到定寰，於是不斷花言巧語哄騙宇棠與我作對。在搶奪定寰的計畫失敗後，宇棠就跟著康旭容離開了德役。」

馮瑞軒過了許久才出聲：「您當初是因爲早就知道定寰身負異能，才不害怕我的能力嗎？」

「沒錯，雖然查不出是什麼原因讓妳和定寰身上出現異能，但我一點也不怕你們，我是眞心想要守護你們。定寰失蹤時，我還只是懷疑，直到宇棠與妳接觸，我才能肯定應該是他們綁走了定寰，而他們大概是發現妳同樣身負異能，才想一併把妳帶走。」

馮瑞軒氣得攥緊拳頭，咬牙切齒道：「德因奶奶，他們也太可惡了吧！我一定要從他們手中救回定寰，請您告訴我該怎麼做。」

吳德因沉吟片刻，「我是有想到一個辦法，但這麼做很危險，我不能讓妳去冒險……」

「沒關係，我不怕。只要能找回定寰，要我做什麼都行。」

吳德因看著態度堅決的馮瑞軒，滿意地點了下頭。

「既然蕭宇棠想見妳，妳就答應下來。我會請警政署長安排大批警力，在妳們約定的見面地點埋伏，只要蕭宇棠一出現，警方便會立刻逮捕她，要她供出定寰的下落。」

馮瑞軒的眼睛閃過雀躍的光芒，卻很快又被憂慮所籠罩。

「還是會害怕嗎？」吳德因問。

「不是，我只是想到，蕭宇棠能從醫院神不知鬼不覺帶走定寰，必然很不簡單。她會這麼輕易中計嗎？萬一失敗怎麼辦？」

「不會失敗的，相信我。」吳德因一副胸有成竹的模樣。

「可是……」

見馮瑞軒依舊猶疑不決，吳德因打斷她的話：「瑞軒，妳說過自己很孤單，所以希望世上有更多跟妳一樣的人，對吧？」

「我是這麼說過，怎麼了嗎？」

「我想跟妳說一個好消息，德因奶奶又找到另一個同樣身負異能的孩子了。」吳德音臉上帶著奇異的光采。

馮瑞軒先是一愣，接著露出略顯無奈的笑容，「德因奶奶，您是在跟我開玩笑嗎？」

「不是玩笑。先前請人調查你和定寰身上的異能時，意外找到了這個孩子。只是基於某些原因，我沒讓你們知道，直到上次聽到妳那些話，我才開始考慮要不要告訴妳。我不想讓妳覺得那麼孤單，世上還有其他和妳一樣的孩子。」

馮瑞軒唇畔的笑意凝結，圓睜雙眼。

「那、那個人是誰？年紀比我大嗎？是男生還是女生？」

「年紀比妳和定寰小，跟妳一樣是個可愛的女孩。」吳德因語氣溫柔。

馮瑞軒按捺不住內心的激動，迫不及待坐到吳德因身邊，挨著她的手臂問：「可以讓我見見她嗎？」

「瞧妳開心的樣子，果然告訴妳是對的。」吳德因輕捏了下馮瑞軒的臉頰，「只要妳答應和宇棠見面，我就讓妳和這孩子見面。如何？」

聞言，馮瑞軒盯著吳德因，欲言又止。

「怎麼了？」

「如果您是因爲想要我去見蕭宇棠，才謊稱有那個女孩的存在，我會……很難過。」馮瑞軒咬緊了嘴唇。

吳德因笑了起來，拿起放在桌上的手機，找出一張照片給馮瑞軒看。

照片裡的女童約莫三歲大，肌膚白嫩，一對大眼睛水汪汪的，輪廓深邃，十分可愛。

「這是她小時候的照片，現在她十歲了。」吳德因說。

「她好漂亮，是混血兒嗎？叫什麼名字？」馮瑞軒忍不住驚呼。

「她叫之俞，房之俞。是混血兒沒錯。」

「還有房之俞的其他照片嗎？」

「當然有，不過我手機裡只存著這一張。定寰失蹤後，我擔心宇棠和康旭容會發現這孩子的存在，爲了小心起見，不想在手機裡留下太多與她相關的資訊。現在不能安排妳跟她見面，主要也是這個原因。」

「原來是這樣。」馮瑞軒像是被說服了，「德因奶奶，您當初是怎麼找到房之俞的啊？」

「緣分吧。這孩子的母親幫助過某個對我很重要的人，我們才會認識。」吳德因輕描淡寫地帶過，沒有多說，「妳願意相信我了嗎？」

「嗯，謝謝德因奶奶。對不起，我不該質疑您的。」馮瑞軒裝作羞愧地低下頭。

「沒關係，妳本來就很謹慎，這是妳性格上的優點。」吳德因毫不在意，「那就說好了，妳先和宇棠見面，等宇棠被警方逮捕後，我再安排妳和之俞見面，屆時妳除了定寰這個弟弟，也還會多一個妹妹。等到有更多像你們一樣的孩子出現，瑞軒妳就永遠不會孤單了。」

「怎麼可能會有更多跟我們一樣的人呢？」馮瑞軒仰起臉，眼中充滿疑惑。
「我說過，我會讓一切如妳所願。」吳德因伸指輕撥馮瑞軒的瀏海，目光慈愛，「因爲這不光是妳的心願，也是德因奶奶的。」

✦

兩天後，馮瑞軒再次約夏沛然到學校天台碰面，告訴他自己已經從吳德因口中套出最後那名赤瞳者的消息，並將她和蕭宇棠的計畫全盤托出。
「宇棠姊姊說，德因奶奶一心想早點除掉她，只要我配合演這麼一齣戲，德因奶奶就有可能會動搖，鬆口透露房之俞的存在，好讓我答應協助逮捕宇棠姊姊。」迎著微風，馮瑞軒輕聲說。
「原來如此。」夏沛然眼底情緒難辨，「但這麼做非常危險，妳不怕嗎？如果校長發現妳的背叛怎麼辦？以妳的能力，固然可以自保，不過要是校長派人對付妳的家人呢？」
馮瑞軒看了他一眼，「我沒時間害怕了，我一定得幫宇棠姊姊一起拯救定寰。宇棠姊姊和我約好這週六中午見面，我也通知德因奶奶了，德因奶奶答應我，會委請譚叔叔開車送我過去。」

「宇棠姊有說那天她打算怎麼應付警方嗎？」

「她沒說，她只要我相信她，不用替她擔心。」馮瑞軒抿了抿唇，顯然難掩心中的不安，「我會相信宇棠姊姊，學長你也是吧？」

「當然。」夏沛然嘆了一口氣，伸手抱住她，貼在她耳邊低聲說：「我也相信妳。那天我會一起過去，我和譚叔叔待在附近，若是狀況不對，我們隨時出手相助。」

「謝謝。」馮瑞軒稍稍安下心，把臉埋在夏沛然的胸前，任憑眼淚沾濕了他的制服。

✦

夏沛然打電話過來時，譚曜磊正在廚房拿小鍋子煮水，聽完夏沛然講述的內容，他愣愣地盯著煮滾的水好一會兒，才後知後覺關火。

「這是眞的？」譚曜磊問。

「眞的，想必定寰的失蹤把校長逼急了吧，她開始慌了。」夏沛然撇撇嘴道。

雖然蕭宇棠早已說過，爲了除掉她，吳德因將不惜利用先前還放在掌心百般疼愛的馮瑞軒，只是當譚曜磊得知，吳德因果眞不顧蕭宇棠是否可能會傷害馮瑞軒，一心將馮瑞軒作爲誘餌時，譚曜磊仍爲吳德因的冷血無情感到驚訝。

一如蕭宇棠所料，余寧寧改了姓名，而且偏偏與房蕙林同姓，這絕對不是巧合。房之俞就是余寧寧。

「還有一點很奇怪。」夏沛然接著說，「校長竟然要瑞瑞學妹和宇棠姊約在百貨公司見面。校長到底是怎麼想的？百貨公司人來人往，不利警方追捕宇棠姊吧？還是她覺得宇棠姊不想傷害無辜，在人多的地方不會動用異能，才故意做出這個選擇？」

譚曜磊也想不明白，「宇棠答應了？」

「答應了。」

結束與夏沛然的通話後，譚曜磊陷入了沉思，他相信蕭宇棠不會毫無計畫就魯莽答應與馮瑞軒在百貨公司會面，馮瑞軒那天應該也不至於有什麼危險，眞正讓他感到隱隱不安的是另一件事。

「等到有更多像你們一樣的孩子出現，瑞軒妳就永遠不會孤單了。」

吳德因爲什麼會這麼對馮瑞軒說？她打算要做什麼？還是她已經做了什麼？

譚曜磊忍不住在心裡祈禱。

希望這樣不祥的預感只是多心。

✦

王定寰昏昏沉沉醒來，看見掛在牆上的鐘，指針顯示現在是五點半。

起床走到床邊，拉開窗簾，窗外天色陰暗，分不清此刻是清晨五點半還是下午五點半，他最近的睡眠時數很不正常，導致對於時間的認知變得混亂。

走出房間，客廳裡的燈沒開，袁醫師也不在辦公桌前，他才能肯定此刻應該是清晨五點半。袁醫師寫了字條放在餐桌上，說明冰箱裡有食物，如果想吃點熱食，也可以叫他起床準備。

知道袁醫師平時忙碌，王定寰不想擾他清夢，便拿出冰箱裡的麵包和巧克力牛奶果腹，吃完再拿起放在玄關櫃子上的鑰匙，打開家門，帶著歐比到一樓去。

搬來與袁醫師同住後，王定寰一步也沒踏出這棟公寓，活動範圍只限於袁醫師家裡和公寓頂樓。

他注意到袁醫師每天早上都會到一樓的信箱拿取信件，所以只要他在清晨醒來，就會自行下樓幫忙取信，而袁醫師發現後也沒有阻止的意思，讓王定寰感覺自己有幫上一些忙是好事。

這天查看信箱，有兩封寄給袁醫師的國際信件及幾張廣告傳單，王定寰隨手把廣告傳單扔在地上，也不懂這麼做是不對的，轉身準備上樓時，碰巧遇上正要出門買菜的鄰居大嬸。

「弟弟，今天又幫爺爺拿信呀？你眞乖。」

這名大嬸住在四樓，待王定寰很親切，每次遇見都會主動打招呼，就算王定寰不理她，她也不會生氣。幾次下來，王定寰漸漸不再覺得她是陌生人，只是倒也從來沒有開口回應過她。

他悶不吭聲就要走上樓梯，大嬸突然叫住他。

「弟弟，你的信掉了！」她把一枚藍色信封遞給他，「還好我有看到，要注意點喔。」

大嬸的友善終於稍稍突破王定寰的心防，他小聲回了句：「謝謝。」

「不客氣。」大嬸看起來十分高興，擺擺手走出公寓。

王定寰低頭檢視那枚藍色信封，有些疑惑，剛剛信箱裡有這封信嗎？更奇怪的是，信封上沒有貼郵票，也沒有寫收件地址，只寫著他的名字。

王定寰好奇地當場拆開，信紙上的筆跡很眼熟。

定寰，我是瑞軒。

你和譚叔叔的生日快到了，我們一起去幫譚叔叔挑份生日禮物吧。

你還記得德因奶奶帶我們去過的那間禮品店嗎？這個星期六中午十二點，我在店門口等你，千萬不要告訴任何人，這樣才可以給譚叔叔一個意外的驚喜。

讀完之後，王定寰把信藏進外套口袋，快步帶著歐比回到樓上。

✦

「隊長，你在做什麼？」

「在家看電視，有事嗎？」

「沒事啦……就想跟你聊聊天。對了，明天會有冷氣團過來，你記得多穿一點。」

三言兩語打發掉李哲，譚曜磊掛斷電話，嘆了口氣，迎上前方一張促狹的笑臉。

「譚叔叔怎麼一臉無奈？誰打來的？」夏沛然嘴角掛著頑皮的笑意。

「以前的同事。」

「難道是之前對宇棠姊開槍的那個小警察？」

「嗯，就是那傢伙。」譚曜磊點頭。

「我以為依譚叔叔的個性，不會想再跟這種人聯絡。」

「我本來是這麼打算的，不過他幾次向我道歉，也說了自己的苦衷。」譚曜磊簡單講述了李哲被羅署長利用的經過。

夏沛然微微挑眉，「就像他說的，他只是聽從長官的吩咐，況且將赤瞳者視為洪水猛獸也是人之常情，譚叔叔要不就再給他一次機會？感覺他挺有誠意的。而且他現在直接聽令警政署長行事，在重要時刻，說不定他能幫我們一把。」

譚曜磊沒有直接回應，只說：「先不提這個，你怎麼能在這個時間從學校溜出來？」

平日的下午一點，理論上夏沛然此時應該剛在德役用過午餐。

「我本來在出缺勤上就享有特權，在為瑞瑞學妹光榮燒傷後，校長還通融我能隨時外出看診。就算我在這裡睡個午覺再回去上課，也不會有事。」夏沛然悠閒喝了口譚曜磊招待的果汁，大言不慚道，「不過我剛剛是眞的有去醫院一趟啦，只是突然想繞過來譚叔叔這裡坐坐，希望沒打擾到您。」

「當然不會。」譚曜磊目不轉睛看著夏沛然，「你是在爲週六的事擔心嗎？」

「唉，果然瞞不過譚叔叔。」夏沛然背靠著沙發，閉了閉眼，坦承道：「我很久沒這麼緊張過了。」

「沛然，你的身體不同於一般人，千萬別勉強自己，要是你出了什麼事，瑞軒會承受不住的，有什麼事交給我處理就好。」如果可以，譚曜磊希望夏沛然那天不要同行，卻也明白他不會願意置身事外。

「我知道，我現在能託付的也只有譚叔叔了。」夏沛然輕輕一笑，「既然如此，你能不能老實回答我一個問題，上次你爲何問我，是否聽說赤瞳者施打綠苗會有後遺症？如果你知道些什麼，請告訴我眞相，我承受得住。」

譚曜磊沒有很意外，夏沛然向來聰明敏銳，果然瞞不住他，不想繼續對夏沛然裝傻，譚曜磊選擇老實對他說出，赤瞳者在施打綠苗後，不僅可能會喪失部分記憶，還可能無法長命。

夏沛然聽完不發一語，低頭陷入沉思，過了好一會兒才平靜地開口：「譚叔叔是因爲我和瑞瑞學妹交往，才選擇不說出實情吧？不過對我來說，比起瑞瑞學妹因爲赤瞳者的身分不容於世，這樣的結果好多了。要是她在施打綠苗之後忘了我，對她未嘗不是件好事，反正這也算是馮阿姨的希望。」

「什麼意思？」

「之前馮阿姨不是請我打聽康旭容的消息嗎？我不好讓她一直等，昨天打電話向她道歉，說我沒能打探到他的消息。馮阿姨有點失望，還說見到我爲了保護瑞瑞學妹身受重傷，覺得很對不起我爸媽，希望我別再爲了瑞瑞學妹如此奮不顧身，等瑞瑞學妹從德役畢業，她可能會帶瑞瑞學妹到國外生活。」

譚曜磊愕然，「瑞軒的媽媽怎麼會突然做出這個決定？」

夏沛然聳肩，「我也不清楚，馮阿姨繞這麼一大圈，就是在提醒我別對瑞瑞學妹放太多感情，她遲早會帶瑞瑞學妹離開。我本來不想講的，畢竟現在不是煩惱這種事的時候。其實只要瑞瑞學妹能活著，她忘掉我也沒關係，可是瑞瑞學妹肯定不會這麼想，要是她得知施打綠苗會有這種後遺症，絕對會產生動搖，所以請譚叔叔千萬不能告訴她喔。」

「我知道。」想起蕭宇棠先前的反應，譚曜磊自是明白。

看著夏沛然用雲淡風輕的口吻說出這些話，他心中百感交集。

倘若世上眞的有神，但願這次，祂能夠站在他們這一邊。

✦

週五晚上，吳德因通知馮瑞軒，她已安排好一切，警方會躲在暗處隨時保護她，讓她不必擔心。

馮瑞軒提出是否可以讓譚曜磊和夏沛然送她到百貨公司門口，吳德因同意了，只提醒馮瑞軒，不能讓他們二人發現異狀。

隔天，距離譚曜磊開車過來學校還有半個小時，馮瑞軒拉著夏沛然去到天台，說是想吹吹風，緩和緊張的情緒。

「學長，我好緊張。」她闔上眼睛，握緊他的手。

「放心吧，宇棠姊絕不會讓妳出事，我和譚叔叔也會在附近守著妳。」夏沛然用力回握住她。

「好。」馮瑞軒深吸了一口氣，睜開眼睛看向夏沛然，由衷道：「謝謝你一直陪在我身邊。」

「傻瓜，謝什麼？這是一定要的呀。」夏沛然輕捏了下她的鼻子，從口袋掏出手機看了一眼，「譚叔叔說他提早到了，我們下去吧。」

馮瑞軒點點頭。

兩人手牽手離開天台，走下樓梯的時候，馮瑞軒冷不防開口：「對不起。」

「什麼？」

夏沛然不經意地轉頭，對上的竟是一雙紅色的眼瞳，下一秒，他眼前一黑，驟然失去了意識，馮瑞軒扶住他，將他輕輕放倒在樓梯間。

「學長，對不起。」馮瑞軒忍不住落淚，依依不捨地摸了摸他的頭髮，隨後直起身，頭也不回地跑下樓梯。

第九章

見到馮瑞軒獨自一人打開車門，坐上副駕駛座，譚曜磊不禁心生疑惑，往車窗外看了好幾眼。

「沛然呢？」

馮瑞軒沒有回答。

譚曜磊察覺不對勁，皺眉看向她：「瑞軒？」

「我剛剛動用異能，將沛然學長弄昏了。」不去看譚曜磊此刻的表情，馮瑞軒啞著聲音催促，「譚叔叔，請快開車吧。」

在馮瑞軒的強硬堅持下，譚曜磊只得依言發動車子。

直至遠離德役校區，他才再度開口：「瑞軒，怎麼回事？」

馮瑞軒眼眶泛淚，「對不起，我知道我不該再動用異能，但今天無論如何都不能讓沛然學長過去，這也是宇棠姊姊的意思。」

「宇棠？」

「對，宇棠姊姊一開始就吩咐我，要是德因奶奶同意我跟她見面，絕不能讓沛然學長與我同行。她說一旦有突發狀況，沛然學長可能會爲了幫我而奮不顧身，丟了性命。」馮瑞軒纖細的手指抓緊外套下襬，淚如雨下。

譚曜磊目光直視前方，不發一語。

馮瑞軒哽咽著繼續說：「我完全可以理解宇棠姊姊爲什麼會這樣安排，當我見到被赤瞳者血液感染的康叔叔時，我忍不住想，要是沛然學長也像康叔叔一樣受到二次感染，他也會變成植物人狀態……光是想像學長可能會躺在床上，從此無法醒來，我就害怕得不得了，我絕對不能允許這種事發生！」

「我明白妳和宇棠的想法，也很贊同。」譚曜磊握緊方向盤，「沛然是個明事理的孩子，他會體諒妳的苦衷。」

「譚叔叔，對不起，如果可以，我也不想讓您面臨危險……」馮瑞軒泣不成聲。

「別這麼說，這是我個人的決定，只有妳和定寰、宇棠最後都順利接受治療，大家先前所付出的努力才有意義。所以妳一定要好好保護自己，不能讓自己陷入險境，知道嗎？」

馮瑞軒抽抽噎噎地應下，竭力平復情緒，一分鐘後，車裡的哭聲漸漸歇止。

抵達馮瑞軒和蕭宇棠約好碰面的那間百貨公司後，譚曜磊把車停在路邊，環顧四周，並未見到警車和警察，想來應該是埋伏在暗處，一旦蕭宇棠現身，才會一擁而上圍捕。

適逢週末假日，路上滿是出外逛街的人潮。譚曜磊依舊猜不透吳德因的意圖，難不成眞如夏沛然所言，她是看準蕭宇棠顧忌誤傷無辜，不敢在這種環境下輕易動手，才刻意挑選這裡？

「吳德因說她會待在附近，等蕭宇棠被捕之後，就和妳會合，帶妳去見房之俞？」譚曜磊問。

「對。」

「好，小心點。手機一定要隨時拿在手裡，方便聯絡。」

馮瑞軒點點頭，打開車門下車，筆直走進百貨公司，搭上手扶梯，來到位於二樓的咖啡館門口。

看著熙來攘往的人群，馮瑞軒努力穩住心緒，仔細留意周遭，等待蕭宇棠現身。約定的時間是十二點，只是距離約定的時間已經過了五分鐘，蕭宇棠依然不見蹤影。

這層樓想必此刻到處都有警力部署埋伏吧，馮瑞軒猜測，說不定有一部分便衣警察僞裝成百貨公司樓管或咖啡館裡的員工，甚至混入逛街人群也不無可能。

就在這時，她始終握在手中的手機傳來震動，是蕭宇棠傳訊息過來。

「一分鐘後如果沒有警察出現，就離開這裡。」

馮瑞軒一讀完這條訊息，百貨公司的燈光忽然間全數熄滅，引起人群一陣騷動恐慌。三十秒後，巨大的玻璃爆破聲霍然響起，尖叫聲和奔跑的腳步聲此起彼落，人群紛紛擠往樓下出口逃竄。

馮瑞軒站在原地，驚恐地四處張望，自發生異變到現在，沒有半個警察過來保護她。

眼看一分鐘就要到了，有人趁亂來到馮瑞軒身後，冷不防抬手用帕子摀住她的口鼻，另一個人則從她前方走來，準備合力將她帶離。

刺鼻的藥水味直衝腦門，馮瑞軒險些昏厥過去，下一秒，企圖綁走她的那兩名男人瞬間被烈焰吞噬，張揚的火光在昏暗中格外醒目。

那兩名男人痛得在地上打滾，口中大聲哀號，只是哀號聲不久便漸漸消停，兩人奄奄一息，動也不動。

馮瑞軒驚魂未定，全身發抖，想要離開，卻因藥物而頭暈目眩，隨即癱倒在地，失去了意識。

✦

目送馮瑞軒進入百貨公司後，爲避免昔日同事發現，譚曜磊停好車後沒有下車，隔著一段距離緊盯著位於百貨公司二樓的咖啡館，透過透明玻璃窗，可以看到坐在窗邊座位的客人正悠閒地享用餐點。

時間很快來到十二點整，咖啡館裡一派和平的景象，讓他心中的異樣感愈來愈強烈。

四周眞的有大批警力埋伏嗎？爲什麼他一點跡象都察覺不到？這不合理。

蕭宇棠現身了沒？怎麼看上去沒有任何動靜？

是不是出了什麼意外？

譚曜磊停還來不及打電話詢問馮瑞軒百貨公司裡頭的情況，便先接到袁醫師的來電。

「譚先生，瑞軒在你旁邊嗎？」

「沒有，她在百貨公司裡面，怎麼了？」譚曜磊的左眼皮重重跳了一下。

「定寰不見了！」袁醫師語氣慌張，「早上他說想回房睡覺，就把房門關上了。

剛剛我打開他的房門，發現他不在房間裡，歐比也不見了。我在他的枕頭底下找到一封信，是瑞軒寫給他的，她約定寰今天中午一起去幫你買生日禮物！」

譚曜磊簡直不敢相信自己的耳朵，「那封信不可能是瑞軒寫的，她今天中午明明要和宇棠碰面。」

「我知道，所以才想問她定寰去了哪裡？那封信上寫著，要定寰前往吳德因曾經帶他們兩個去過的禮品店——」

袁醫師說到一半就斷訊了，譚曜磊趕緊回撥，對方卻始終沒有接聽。

就在這時候，附近的建築竟像是忽然全數停電，一樓店家的燈光都是暗著的。大約三十秒後，百貨公司傳來一記巨響，大批民眾驚聲尖叫，推擠著從一樓大門口蜂擁而出。

定睛望去，百貨公司鄰近街邊那側的玻璃窗全都碎了，然而儘管民眾驚慌失措，身上卻像是都沒有帶傷，地上也不見玻璃碎片，譚曜磊心下確定這應該是出自蕭宇棠的手筆，她企圖製造意外，驅離人群，且竭力不傷及無辜。

譚曜磊連忙打開車門下車，逆著人潮擠進百貨公司，握在手上的手機倏地一震，竟是蕭宇棠打電話過來。

「譚先生，請你現在帶瑞軒離開，並想辦法找到王定寰。」

譚曜磊繃緊神經，「宇棠，怎麼回事？」

「袁叔叔和康旭容恐怕出事了，我得回去救他們。」

「妳說什麼？怎麼會這樣？」他十分震驚。

「我們被擺了一道，吳德因眞正的目標不是我。」蕭宇棠說完便匆匆掛斷。

譚曜磊無暇多想，大力用雙手撥開人群，衝上二樓，很快找到躺在地上的馮瑞軒，另有兩名全身燒傷的男人倒在不遠處。

譚曜磊將馮瑞軒抱回車上，不斷輕拍她的臉頰，口中呼喚她的名字，直到她清醒過來。

「瑞軒，妳沒事吧？」

「我沒事。」馮瑞軒虛弱地眨眨眼睛，頭疼欲裂，發現自己已回到車內，不由得面露困惑，「譚叔叔，這是怎麼回事？宇棠姊呢？」

「瑞軒，妳先回答我一個問題。吳德因是不是曾經帶妳和定寰去過一間禮品店？」

由於麻醉藥物的作用尚未完全退去，馮瑞軒頂著昏沉的腦袋回想一陣，才想起在她進入德役就學的前一天，吳德因帶她和王定寰去了一間禮品店，要她自行挑選喜歡的商品，作爲展開新生活的禮物。吳德因隨口提過，這間禮品店是她朋友開的，過去王定寰也經常在那一區活動。

問出禮品店的地址，譚曜磊即刻驅車前往。

馮瑞軒惴惴不安，「譚叔叔，爲什麼要去那裡？是不是定寰出了什麼事？」

在譚曜磊回答之前，夏沛然打了電話過來。

譚曜磊迅速接起：「喂？沛然？」

「譚叔叔，我剛才接到宇棠姊的電話，你現在人在哪？」

「我正要帶瑞軒去找定寰。」他瞥了一眼表情緊張的馮瑞軒，「你還好嗎？」

「我沒事，只是頭還有點暈。瑞瑞學妹出手沒有太重，我被人送到保健室後很快就醒了。譚叔叔，袁叔叔的公寓傳出火警，很可能是校長派人縱火，宇棠姊已經趕過去了。」

一滴冷汗自譚曜磊的額際緩緩滴下，袁醫師能獨自帶著昏迷不醒的康旭容順利逃出火窟嗎？

夏沛然語氣急促：「還有，我之前想辦法打了一支校長室的鑰匙，覺得說不定哪天會派上用場。剛剛從保健室醒過來後，我想著既然瑞瑞學妹不想我一同去見宇棠姊，我留在學校也可以透過其他途徑查探消息，便偷偷潛入校長室，在校長辦公桌的抽屜深處，找到一個醫院的公文袋，裡頭有好幾份孩童的病例，上面還附上他們的照片，其中有男有女。」

一股強烈的惡寒籠罩譚曜磊全身，他知道吳德因眞正的目的是什麼了。

「謝謝你，沛然，如果有其他消息，隨時通知我。」

「我會的，麻煩譚叔叔也替我轉告瑞瑞學妹，我等她平安回來。」

「好。」

結束通話，譚曜磊扭頭迎上馮瑞軒憂心忡忡的眼睛，爲了開車，他還是將視線挪回前方，才告訴她王定寰失蹤了，以及袁醫師的住處突然起火，

「怎、怎麼會？」馮瑞軒臉上血色盡失。

譚曜磊向她解釋，語氣帶著難言的苦澀：「吳德因根本不在乎妳和蕭宇棠碰面，她並未安排警力部署，因爲她眞正要抓的人不是宇棠，而是定寰。她早就知道定寰人在哪裡，設下這齣調虎離山之計，把妳和宇棠支開，好動手捉拿定寰，同時對袁醫師和康旭容不利。」

「這麼說，德因奶奶已經發現我在騙她？」馮瑞軒滿臉不可置信。

「應該是，否則那封假冒妳的名義寫給定寰的信，內容也不會是這樣了。」譚曜磊捏緊了方向盤，恨自己察覺得太晚。「宇棠想必是察覺百貨公司裡未有警力埋伏，才故意製造出那起停電意外作爲試探，倘若警方在場，必定會現身保護妳的安危。」

馮瑞軒這下恍然大悟，這就是蕭宇棠傳那封訊息給她的原因。

「那襲擊我的那兩名男人是誰？難道也是德因奶奶派來的？」

「也只能是她了。是妳讓他們身上起火的嗎？」

「不，當時我意識昏沉，無法動用異能。」馮瑞軒澄清。

「那就是宇棠了，不過現在這不重要，我們要比吳德因先一步找到定寰，否則後果不堪設想。」

「德因奶奶打算傷害定寰？」

「沒錯，我們都知道吳德因並不希望赤瞳者從這世上消失，甚至期盼赤瞳者愈多愈好。爲了達到目的，勢必得爲紅病毒找到更多宿主，等到你們長大誕下下一代是一種方法，然而你們一個個陸續背棄了她，所以她決定選擇另一種途徑——器官移植。」譚曜磊搶在黃燈轉紅之前，飛車衝過馬路。

馮瑞軒雙眼瞪大，嘴唇發顫，「德因奶奶……要殺了定寰，把他身上的器官移植給別人？」

「嗯，沛然在吳德因的辦公室裡找到幾份陌生孩童的病例，要是我猜得沒錯，她連接受器官移植的人選都選定了。」譚曜磊沉聲道。

「德因奶奶讓那兩名男人把我擄回去，也是爲了摘除我身上的器官嗎？」馮瑞軒心中一片茫然。

譚曜磊想起馮瑞軒的父母，搖了搖頭，「應該不是，倘若眞是如此，吳德因不會只派那二個人過來抓妳。也許是顧慮到妳還有家人，她暫時沒把歪腦筋動到妳身上。但定寰就不一樣了，他是孤兒，吳德因是他唯一的監護人，就算定寰出了『意外』，只要吳德因不追究，就不會有其他人過問。定寰目前的處境很危險，一定要盡快找回他。」

「沒、沒錯。」馮瑞軒無法停止顫抖，語氣在堅定中夾藏一絲狠戾，「我一定要找到定寰，不能讓他落在德因奶奶手裡。」

察覺馮瑞軒情緒不對，譚曜磊騰出右手，握住她冰冷僵硬的左手。

「瑞軒，妳告訴過譚叔叔，妳有一個很想要守護的對象，是沛然吧？」他緩緩加重握住她的力道，「沛然剛才在電話裡要我轉告妳，他會等妳平安回去，我相信妳不會讓他失望的。」

只最後這一句話，便讓馮瑞軒躁動的情緒逐漸冷靜下來，她紅著眼眶點頭，沉默不語。

「我們一起回去，一起帶定寰平安回去。」

「好。」馮瑞軒眼中的淚落了下來。

以睡覺爲藉口回到房間後，王定寰打開窗戶，見四下無人，便動用異能，抱著歐比縱身往下一躍，輕巧地落在安靜的巷弄裡。他擔憂地看了懷中的小狗一眼，深怕自己動用異能會讓牠感到痛苦，所幸或許是縱身一躍所用到的異能能量極爲微小，歐比只是睜著一雙充滿好奇的眼睛看著他，並未有任何不適。

王定寰安下心來，轉身奔到大馬路上，攔下一輛計程車坐上去，前往馮瑞軒信裡說的那間禮品店。

✦

抵達目的地後，王定寰注意到一件怪事，除了禮品店，鄰近的其他商店不知爲何都沒有營業，整條路上也只有零星幾個路人。但他不以爲意，走到禮品店門前的紅磚道上，一邊跟歐比玩，一邊等待馮瑞軒出現，渾然不覺漸漸周圍只剩下他一個人，連禮品店裡的燈光也暗下了。

一名笑容可掬的年輕男子走上前來，與王定寰搭訕，他手裡拎著一個購物袋。

「弟弟，這是你的狗嗎？牠好可愛。我可以摸摸牠嗎？」

王定寰戒備地看向男子，不發一語。

男子不以爲忤，從購物袋裡拿出一小包狗糧，「這包餅乾請你的狗狗吃，是牛奶口味的唷。」

看到歐比對著那包零食開心地猛搖尾巴，王定寰決定接受對方的好意，輕輕點了下頭。男子撕開包裝袋，倒了幾片餅乾在手上，蹲下來餵給歐比吃，歐比津津有味地吃完後，男子便將剩下的零食交給王定寰，由他來餵。

於是王定寰也跟著蹲下，讓歐比就著他的掌心吃餅乾。

而另一個男人早已悄悄埋伏在王定寰的身後，趁他失去防備，迅速用一塊噴灑過高劑量麻醉藥的白布掩住他的口鼻。

這個舉動令王定寰腦中警鐘大響，察覺到危險襲來，他反射性地動用體內的異能，那個男人瞬間七孔流血，全身被捲入火焰之中，送狗糧給他的男子則迅速掏出手槍，只是在他做出下一步動作之前，整個人也被火焰吞噬，馬路上迴盪著兩人淒厲的慘叫。

王定寰立刻抱起歐比跑開，卻發現有輛黑色轎車一路尾隨著他。

坐在副駕駛座的男子降下車窗，瞄準歐比的腿開槍，他槍法很好，精準地射中目標，歐比哀鳴一聲，滾燙的血浸濕了王定寰的上衣。

又驚又怒之下，王定寰停下步伐，決意燒了那輛車，卻在體內異能湧現的剎那，聽見歐比發出更爲尖銳的哀鳴，那聲哀鳴讓他恢復理智。

生怕歐比會因他動用異能而更加痛苦，王定寰不得不放棄反擊，將受傷的歐比緊緊抱在懷裡，加快腳步奔逃。

✦

快要抵達禮品店前，譚曜磊再度接獲夏沛然來電。

「譚叔叔，救出康旭容和袁叔叔了。」儘管通報的是好消息，夏沛然的聲音卻沒有多少喜悅之意。

「眞的？太好了。」譚曜磊放下心中大石，一時沒有察覺其中異狀。

「嗯，宇棠姊衝進火場，救出受困在樓梯間的袁叔叔和康旭容，但他們都因吸入過多濃煙而陷入昏迷，袁叔叔傷勢嚴重，還沒脫離險境。」

「該死。」譚曜磊低低咒罵了一聲，「你現在在醫院嗎？」

「對，宇棠姊請我過來照看他們，她已經趕過去你們那兒了，還有，她要我通知你一件重要的事。」

夏沛然接下來說的話，讓譚曜磊的情緒從原先的憤慨轉爲振奮。

結束通話後，他告訴馮瑞軒現前的情況，要她不必太擔心，接著加快行車速度，只要過了下一個街口，便能抵達禮品店，然而他們這輛車卻被警察擋下。

警察表示前方街區藏匿有極度危險的通緝犯，爲了保護人民安全，暫時禁止人車通行，並堆放著一排拒馬。

譚曜磊和馮瑞軒一聽便知那名通緝犯指的是誰，沒想到吳德因爲了抓捕王定寰如此大動作，居然還動用警力封街。

「譚叔叔，怎麼辦？」馮瑞軒心急如焚。

「瑞軒，坐穩了。」

話一說完，譚曜磊旋即重重踩下油門，不顧警方的制止，逕自衝破封鎖線，用最快的速度抵達禮品店，卻只看到禮品店門口不遠處的紅磚道上，躺著兩具焦黑男屍，不見王定寰的蹤影。

譚曜磊開車繞行一陣，終於在另一個街口瞥見那道熟悉的小小身影。

「譚叔叔，定寰在那裡，他沒事！」馮瑞軒興奮大叫，幾乎要喜極而泣，譚曜磊也露出如釋重負的微笑。

不料下一秒車窗外竟有槍聲響起，兩人渾身的血液幾近凍結。

抱著歐比拚命奔跑的王定寰，就在這道槍響中倒地。

他被射穿了腦袋，鮮紅的血液像是一朵妖豔的花，圍著他瘦小的身軀在地上緩緩綻放。

歐比盤旋在死去的男孩身邊發出悲切的低鳴，隨後也跟著主人命喪槍下。兩輛黑色轎車急駛而來，一名黑衣男子下車將王定寰抱進車裡，隨即駛離，整段過程不到十秒鐘。

「這些王八蛋！」譚曜磊臉色難看至極，他用力踩下油門，抄近路從另一條街開出去，順利搶在那兩輛黑色轎車離開前，急煞橫停在馬路上，攔住對方的去路。

失了冷靜的譚曜磊，直至這一刻才驚覺此舉過於莽撞，倘若敵方不管不顧迎面直衝過來，可能會害得自己和馮瑞軒身受重傷，況且敵方還有槍枝。

然而奇怪的是，那兩輛車卻忽然停住了，裡面的人也沒有朝他們開槍。

辨清情況前，一股強烈的壓迫感就先壟罩譚曜磊全身，他呼吸困難，胸口隱隱作痛，勉強側頭往身旁看去，赫然發現馮瑞軒一雙眼瞳已然轉爲血色，直勾勾凝視著前方的兩輛車，他立刻懂了敵方之所以突然間喪失行動能力，是女孩的異能所致。

「瑞軒，不可以，快停下來！」譚曜磊連忙制止。

「我不能讓他們就這麼把定寰帶走。」馮瑞軒的聲音異常冷靜，「譚叔叔，接下來這裡會很危險，請您先離開，直接去找德因奶奶。」

「別胡說，我怎麼可能留下妳一個人？」

「不用擔心我，現在只有我可以阻止他們，我一定要在這裡斷了德因奶奶所有的痴心妄想。」馮瑞軒目光不動，話裡帶著不容置喙的堅定，「不能讓所有人的努力白費，請您務必及時找到德因奶奶，阻止她做出更多的錯事。」

不顧譚曜磊的反對，馮瑞軒開門下車，走了幾步，站在車頭前方，回頭目不轉睛看著他。

馮瑞軒的眼神，讓譚曜磊明白了她的決心，也明白再多的勸阻也沒有用。因爲就連他也很無法否認，馮瑞軒說的是事實，現在唯有她動用異能，才能阻止一切。

經過一番天人交戰，譚曜磊在女孩的注視下，紅著眼眶將車子調頭，頭也不回駛離這片街區。

待譚曜磊遠去後，馮瑞軒不慌不忙轉過身，朝第一輛黑色轎車邁開腳步，玻璃的爆裂聲及建築物的崩裂聲自四面八方傳來。

隨著異能釋放，她清楚知道被困在車裡動彈不得的那群殺人兇手，此刻有多麼驚惶無措，也知道他們正因她的逐步接近而感到膽寒恐懼，就像王定寰適才被追殺時的心情一樣。

想到這裡，馮瑞軒徹底被狂怒與憎恨淹沒，發誓要讓那群人在死前比王定寰更痛苦驚怖百倍。

她加快腳步朝前方飛奔而去，同時讓車子朝自己疾速衝來，並在距離她身前最後一公尺處瞬間煞車，車尾翹起來的那一刻，車內四名男子在極度驚駭中看見女孩的紅色眼睛，旋即頭部爆開，死狀悽慘，整輛車則在翻覆後轟然爆炸，被烈火吞沒。

這群人，她全都要殺掉。

一個也不容放過。

馮瑞軒感覺身體的每一粒細胞都在這麼吶喊。

站在載著王定寰屍身的第二輛車前，她不忍讓男孩的身體被這群人的髒血給玷污，她選擇不直接殺了他們，而是讓那幾個男人在動不了也喊不出聲的狀態下，痛苦地被火神帶離這個世界。

馮瑞軒站在原地，看著整輛車被燒得焦黑難辨，嘴角忽然嘗到一絲淚水的鹹味，喚回了她的理智。

她雙腿一軟，跪在地上，隨後身體跟著歪倒，像是所有力氣都被抽去，連提起一根手指頭都無法。

不知時間過去多久，她的意識逐漸消失，隱約聽見遠方傳來警車警笛聲，也聽見某個女人似乎正在對她說話，口氣溫柔。

那道聲音似近似遠，像是從夢境中傳來。

這一刻，她感覺自己若是閉上眼睛，就再也不會醒過來了。

她會不會就這麼死去？

「不會的。」

那道溫柔的聲音，清晰地回答了馮瑞軒。

「妳不會死的。」

那個女人來到了馮瑞軒身邊，伸手撫摸她的面頰，對方掌心的溫暖，令她在恍惚之中回過神。

「宇棠……姊姊？」

「我來接妳了。謝謝妳，瑞軒。」

馮瑞軒眼睛一熱，一滴淚水從眼角滑落。

她努力撐開眼皮，想要看清楚蕭宇棠的臉，視線卻模糊不清，身體也依舊疲軟無力。

「結束了，好好休息吧。」

蕭宇棠的嗓音彷彿帶有魔力，馮瑞軒聽到這句話後，真的安心閉上了眼睛，沉沉睡去。

✦

離開遭封鎖的街區不久，明明油箱還有半滿，譚曜磊的車子莫名失去了動力，在半路拋錨，他猜測很可能是受到馮瑞軒的異能影響。

他索性將車子棄在路邊，邊走邊思索吳德因此刻人會在哪裡。

這時李哲打了電話過來，譚曜磊本來不打算接，忽然間心念一轉，按下接聽鍵。

不等李哲開口，他搶先道：「李哲，我可以信任你吧？」

李哲一愣，隨即回答：「當然，隊長你儘管開口！」

「告訴我署長現在人在哪裡，以及吳德因是不是跟他在一起？」

「署長和吳校長在警政署。」李哲不假思索便說。

「警政署？」譚曜磊愣住。

「對，又有德役學生被綁架了，這次還是立法委員的千金，吳校長正與署長他們召開緊急會議。」李哲像是想表忠心，主動提議：「怎麼？你有急事要找吳校長啊？那你現在過來，等會議結束後，署長應該會指派我送吳校長上車離開，到時候我再安排你見她一面。」

「在重要時刻，說不定他能幫我們一把。」

「好。」譚曜磊閉了閉眼，「我現在過去。」

「沒問題，你到了跟我說，我去接應你。」李哲說完就掛斷電話。

譚曜磊馬上再撥出一通電話，同時攔下一輛計程車坐上去。

第十章

結束與警政署長的通話，吳德因收起手機，獨自站在窗邊，俯瞰在一樓花園玩耍的幾名小孩。

一名穿著套裝的年輕女性敲門進入會客室。

「吳校長，有一位德役的學生前來找您，他說他叫夏沛然。」

「沛然？」

「是的，他說有急事要通知您。」

「他怎麼會知道我在這裡？」吳德因皺眉。

「這我也不清楚，他只說他的女朋友失蹤了，如果沒能在這邊找到您，他打算報警。」那名年輕女性語氣恭謹道，「我已經請他先到另一間會客室等候，要打發他離開嗎？」

「只有他一個人？」

年輕女性點點頭。

吳德因沉吟片刻，「好，我過去見他。」

年輕女性領著吳德因來到樓下走廊盡頭的會客室，透過門上一小片玻璃窗望進去，會議室裡確實只有夏沛然一人。吳德因示意年輕女性先行離去，才旋開門把，走進會議室。

只是當吳德因一走進會客室，旋即被藏匿在門板後方的男人用手槍抵住腦袋。

「吳校長，請您別動。」譚曜磊面無表情地開口：「沛然，你先出去。」

夏沛然依言離開會客室，譚曜磊用空著的另一隻手鎖上門。

「譚警官怎麼會在這裡？」吳德因依舊神態從容，眼中不見畏懼。

「您是問我爲何沒有前去警政署與李哲會合吧？吳校長會相信曾經背叛過您的人嗎？」譚曜磊反問，語氣不鹹不淡。

「原來如此，譚警官倒是聰明人，是我小看你了。」吳德因不慌不忙問：「但你怎麼知道我在這間醫院？」

「沛然潛入您的辦公室，找到這間醫院的公文袋，裡面有一疊孩童的病歷，他們全都是住在這裡的病童吧？您打算殺了定寰，將他的器官移植到這些病童身上，創造出更多的傅臻。」譚曜磊目不轉睛看著吳德因，「對您來說，這一刻非常重要，您絕對不會想要錯過，所以我才推測您應該是來到了這裡。」

「不愧是曾經的偵查隊長，您不繼續做警察，實在可惜了。」吳德因這話說得由衷，「你要逮捕我嗎？」

「不，我已經不是警察了，這項任務就交給眞正的警察吧。」譚曜磊食指依然緊扣在板機上，不敢有絲毫放鬆。「在您派人放火燒了袁醫師的住所後，宇棠就聯繫了總統，剛剛沛然也通知警方過來，準備將警界、醫院院方所有涉案人士，全都一網打盡。請您別再做無謂的掙扎，盡早說出眞相吧。」

「什麼眞相？」

「還有一位被您藏起來的赤瞳者，余寧寧，現在改名為『房之俞』了吧？您指派過去照顧傅臻的那個女人照顧她對吧？房蕙林和房之俞在什麼地方？」

吳德因臉上的表情終於有了細微的變化，像是很意外譚曜磊居然連這些都查到了。

「我不知道。當年康醫師帶著宇棠離開後，我吩咐她們盡快遠走高飛。如今我也不清楚她們的下落，這三年來，我和她們斷了所有的聯繫。」

吳德因的回答令譚曜磊一陣錯愕。

他難以相信吳德因會這麼做，但說不出為什麼，他竟也不覺得吳德因在說謊。

「您是怕她們被宇棠找到？」譚曜磊不得不懷疑吳德因已然知曉赤瞳者擁有讀取他人記憶的能力。

「這也是原因之一，不過，我本來就打算將那孩子送給她。」

譚曜磊敏銳地聽出一絲端倪，「把房之俞送給房蕙林？為什麼？房蕙林對您而言似乎很不一般，這是否與傅臻有關？是因為她照顧過傅臻嗎？根據我的調查，傅臻死後，房蕙林也跟著失蹤了。」

或許是認為就算說出實情，譚曜磊也無法找到房蕙林和房之俞，吳德因也不隱瞞，坦然答道：「是的，房蕙林始終陪伴著我的孫子，直至他生命的最後一刻。」

「但房之俞是身負異能的赤瞳者，您還把她交給房蕙林？」譚曜磊無法理解吳德因的想法。

「因為我知道，不管那孩子是什麼，房蕙林都不會辜負她。」

聽到這裡，譚曜磊慢慢放下握著手槍的手，話鋒一轉，「您是如何得知定寰人在哪裡的？」

「那孩子經常行蹤不定，所以我很早以前就在他脖子上戴的玉佩裡裝置追蹤器，要追查他的行跡很容易。察覺他長期居住在那個姓袁的男人租下的公寓後，我便派人留意監視，發現瑞軒和你也去過那裡，再等到查出那個男人的底細，我自然能猜到是怎麼回事，也猜到這與宇棠脫不了關係。」

「您從那時就決定殺掉定寰了？」譚曜磊冷冷道，腦海中再次浮現王定寰被一槍斃命的那一幕，對吳德因的痛恨之心幾乎驅使他再次提槍對準她。

「對，既然已經無法控制那孩子，我也只好這麼做了，是他先拋棄我的。」吳德因的口吻雲淡風輕。

譚曜磊一陣悚然，「瑞軒呢？今天是您派人在百貨公司襲擊她的吧？您也打算殺了她？」

「我只是不想她妨礙我。我不會殺瑞軒，我必須確保能把她『好好地』歸還給她的母親。」

察覺吳德因話裡別有深意，譚曜磊疑惑地看過去。

「康旭容早就告訴瑞軒的母親一切眞相，她對我的情緒很複雜，她並不像你們以爲的那樣恨我，如果不是我，瑞軒絕對無法活下來。就算知道自己的女兒變成怪物，還殺了人，她也認清只有我有辦法保護瑞軒，因此願意把瑞軒交給我。」吳德因微微一笑，「她倒是聰明，一方面利用我保護她女兒周全，一方面又威脅我，倘若瑞軒有個三長兩短，她會將我做的事公諸於世。她的威脅對我來說根本不算什麼，派人弄出個意外殺了她簡直易如反掌，不過我打從心底欣賞她這種爲了守護孩子，不惜與全世界爲敵的母親。瑞軒現在必定恨不得殺了我，但要是發現她的母親也是知情的共犯，她會怎麼想？難道她不會怪罪她的母親嗎？」

「瑞軒的母親才稱不上是共犯，是您把瑞軒的母親逼到這個地步的！」譚曜磊忍不住駁斥。

「你錯了，就算時光倒流，且在一開始就知道讓瑞軒接受傅臻的器官移植會引來什麼後果，瑞軒的母親還是會做出同樣的選擇，以瑞軒當時的病情，她不可能活著等到下一次接受器官移植的機會。」吳德因語氣充滿篤定，「譚警官，你也曾經爲人父母，如果事情發生在你女兒身上，你會做出什麼決定？」

譚曜磊緊盯著她，「吳校長該不會是想確認我的想法，才至今沒有對我痛下殺手吧？」

「也許是吧，我確實好奇像譚警官這麼理性的人會怎麼做。」吳德因淡淡看了譚曜磊一眼，「我對譚警官妻女的遭遇感到同情，你如此呵護照顧瑞軒，感覺你好像把她當成了你的女兒。」

「我相信我女兒不會願意這麼活著。」譚曜磊斬釘截鐵地回答。

吳德因不太意外地笑了，「但你妻子是否會這麼想呢？面對懷胎十月，終於盼來的孩子，一個母親眞能眼睜睜坐視孩子死去？尤其孩子明明有機會能活下來。瑞軒和宇棠的母親，都願意爲了孩子做出任何事情，譚警官的妻子想必也是如此。我相信，就算她們事先得知後果，最終還是會選擇讓自己的孩子接受這場器官移植手術，只要孩子能活下來。」

聽完吳德因的長篇大論，譚曜磊不動聲色地審視她眼中隱含的一抹得意。

「吳校長，在我看來，您是把自己救不回兒子和孫子的遺憾，寄託在瑞軒和宇棠的母親身上，想看見她們爲孩子赴湯蹈火，希望她們能爲了守住孩子，不惜背叛全世界；可您又會對孩子洗腦，要他們別信任辜負自己的父母，還要他們捨棄父母。這種矛盾的行爲，其實是您對自己的譴責，您位高權重，什麼都做得到，但還是沒能救回傅臻的性命，您是在報復自己，還有其他跟您一樣保護不了孩子的父母。」譚曜磊義正詞嚴道，「正如您小兒子傅煒所言，您就是一個傷心到失去理智的母親。爲什麼發生重大車禍，整輛遊覽車卻只有傅臻一人喪命？您應該猜得到原因，是傅臻保護了全車人，相較於願意爲了全車乘客犧牲自己的傅臻，您卻絲毫不把人命當回事，您對於傅臻的遺憾和愛都是扭曲的。」

本來嘴角依稀掛著清淺笑意的吳德因，這一刻臉上徹底沒了表情，眼神晦暗，沉默不語。

這時大批警力已從外面的走廊上湧入，要譚曜磊打開會客室的門。

在開門之前，譚曜磊又問了吳德因一個問題。

「宇棠的媽媽，不是您所希望的那種母親嗎？」

「不，我很滿意她，也很喜歡他們一家人。」

「那您爲何使出那麼多手段，讓他們一家人分離多年？」

「因爲我想要擁有宇棠。」吳德因瞥了他一眼，語氣平淡，「當年宇棠接受器官移植手術後，她母親病倒了，我默默在暗中觀察，看著宇棠每天陪伴住院的母親，沒有掉過一滴眼淚，我就想讓她變成只屬於我一個人的孩子。在那六個孩子裡，我最珍愛她，哪怕她離開我，處處與我作對，我也不曾興起殺她的念頭。就連這一刻，我只惋惜不能再見她一面。這種想法，譚警官應該很難理解吧？」

說完，吳德因的目光落向窗外，並不期待得到譚曜磊的回應。

警方在門外再次催促譚曜磊開門，他走過去打開門，看著吳德因被一湧而上的警察銬上手銬帶離。

吳德因瘦削的背脊挺直，行走姿態依然優雅一如既往。

譚曜磊看得出，她不認爲自己有錯，心中更沒有一絲一毫的悔悟。

這一天，全台共有三百多名涉案人同時落網，包括警政署長和李哲。

袁醫師雖然尚未清醒，所幸當天晚上即脫離險境，和康旭容住進同一間普通病房。

譚曜磊和夏沛然也從那天起不斷被警方傳喚偵訊，變得忙碌起來，但兩人只要有空，就會前往醫院探視袁醫師和康旭容。

然而蕭宇棠和馮瑞軒卻被政府嚴密保護看管起來，無法與外界聯繫。

「譚叔叔。」剛從警局回來的夏沛然，看見譚曜磊背靠在病房牆上打瞌睡，輕聲叫醒他，「你回去休息吧，這邊我來就好。」

「沒關係。」譚曜磊重重抹了把臉，打起精神坐直身子，接過夏沛然手上的咖啡，打開喝下一大口。

「譚叔叔，史密斯老師預計下禮拜到台灣。」

「他通知你的？」

「嗯。」夏沛然點點頭，「關於吳德因牽涉的多起案件，政府這一兩天應該就會正式向大眾說明，不曉得細節會公開到什麼程度。」

「反正不可能提到紅病毒和赤瞳者。」譚曜磊苦笑。

「也是，就算提了，也未必有人會信。」夏沛然莞爾，接著拉開背包拉鍊，取出一個小盒子，「譚叔叔，我有樣東西要給你。」

譚曜磊打開小盒子，裡頭是一枚銀戒。

「我很早就注意到，譚叔叔的手指很漂亮，很適合戴戒指，所以準備了這個作爲你的生日禮物。」夏沛然說完，臉上掠過一抹憂傷，「我爲定寰準備的生日禮物是手環。你覺得我該交給瑞瑞學妹，還是有其他更好的處理方式？」

想起王定寰，譚曜磊眼眶微微一熱。

「交給袁醫師吧。」

「好。」夏沛然一口答應，沒有問理由。

「沛然，抱歉，我沒能讓瑞軒不再動用異能。」

為了阻攔那群男人將王定寰的遺體送往醫院，馮瑞軒再次動用異能，此後便陷入昏睡未醒。

透過警方提供的照片能看出，現場馬路龜裂，多數房屋嚴重毀損，可以想見馮瑞軒當時釋出的異能有多驚人。

如此一來，馮瑞軒所遭受的病毒反噬程度也勢必加深。

「譚叔叔，你完全沒有必要跟我道歉，如果我是瑞軒，我也會做出同樣的決定。而且當時你有更重要的事要做，幸好你及時找到校長，才得以阻止她做出更多喪心病狂的事。」夏沛然由衷道。

「那也是你先發現了醫院的公文袋，再加上我對李哲有了提防，才僥倖推測出吳德因確切的行蹤。」

「說到李哲，枉費我先前為他說好話，還以為他有意悔改，沒想到狗改不了吃屎，他讓我對人性很失望！」夏沛然半開玩笑地嚷嚷。

「不管怎樣，謝謝你。」譚曜磊拍拍他的肩，「你辛苦了。」

「你也是。」夏沛然微微一笑，停了一會兒才再次開口：「譚叔叔，在宇棠姊和瑞瑞學妹施打綠苗前，我們能見她們一面吧？」

夏沛然問到了譚曜磊心中的擔憂。

儘管沒有十足的把握，譚曜磊仍安慰他，「應該可以，等袁醫師醒來後，再請他代爲向相關單位爭取。」

「您覺得到時候要不要告訴瑞瑞學妹馮阿姨的事？」

譚曜磊沉默許久，「等見到了瑞軒再說吧。」

協助警方進行調查的過程中，譚曜磊得知警方拘提馮瑞軒的母親接受訊問，馮母供出自己爲了保護女兒，對吳德因的犯行知情不報，導致後來馮瑞軒在學校引發嚴重傷亡事故，於是馮母也遭到羈押。

「馮阿姨之前說要帶瑞瑞學妹離開台灣，其實是爲了逃亡吧？」夏沛然語氣略微一沉，「其實馮阿姨根本別無選擇，倘若當初通報警方，瑞瑞學妹絕對是死路一條，所以馮阿姨才會爲校長隱瞞。」

在了解馮母的苦衷後，譚曜磊怎樣也無法發自內心認定，吳德因那天那番話全然是錯的。

這天下午，袁醫師醒過來了。

得知王定寰的死訊，並從夏沛然手中接過他爲王定寰準備的十三歲生日禮物，袁醫師悲痛欲絕，神情委靡，頓時像是老了七、八歲，最後他還是勉力打起精神，允諾會想辦法與政府協商，讓他們盡快見到蕭宇棠和馮瑞軒。

回到家後，譚曜磊疲憊地坐在沙發上。

他打開筆電，又將女兒參加歌唱比賽的影片，反覆觀看好幾遍。

他憶起先前與女兒有過的一段對話。

「爸爸，如果有一天你去抓毒販，發現那個毒販是我，你會逮捕我？還是會偷偷放我走？」小學六年級的小蒔，忽然異想天開提問。

「這個問題會不會太難了？」

「哪會難？明明就很簡單。你的答案是什麼嘛？要老實說喔。」

「我會逮捕妳。」

小蒔噘嘴打了一下他的肩膀。

「開玩笑的，我會偷偷放妳走。」

譚曜磊說完，這次小蒔竟又打了他兩下，他撫著挨打的肩膀，滿腹疑惑。

「爲什麼又打我？妳不是不開心爸爸抓妳嗎？」

「我是會不開心，但如果我眞的做了壞事，爸爸還是要抓我呀，怎麼可以放我走？不抓我的爸爸就不是爸爸了！」

看著影片裡小蒔燦爛的笑臉，譚曜磊在這段回憶中淚流滿面。

兩天後，吳德因遭警方逮捕的新聞露出，震撼全台，但就如譚曜磊先前所想，警方爲吳德因羅列出的各項罪名中，並未提及紅病毒和赤瞳者。

從蕭宇棠首次出現在他的眼前，到她口中所謂事情結束的那一天，譚曜磊覺得彷彿只是一眨眼的時間，又覺得恍如隔世。

但是，事情這樣就算結束了嗎？

這個疑問一直存在於他的心裡。

此外，譚曜磊還有另一個疑問始終想不明白，吳德因之所以向馮瑞軒說出余寧寧已更名爲「房之俞」，是不是因爲吳德因有把握，就算他們得知這項資訊，也不可能找到她？

距離吳德因被捕，已時隔一個多月，警方竭盡全力搜查，卻還是找不出那位名叫房之俞的十歲女孩。

房之俞，會不會已經不在台灣？

未完待續

後記
她們的抉擇

《赤瞳者02英雄》出版後，收到許多讀者的訊息，表示很期待第三集出版，眞的很謝謝大家的支持！

這個故事終於即將進入最後的高潮，不知道你們看完這一集會有什麼感想？是否對於結局有所猜測呢？非常歡迎與我分享。

這一集最讓我印象深刻的劇情，是最後一章中吳德因與譚曜磊的對話，吳德因那番話將是最後一集的主題。此篇後記的標題，也是對於下集內容的提示，屆時大家可以再從另一個角度去觀看整個故事，也會更了解吳德因這個女人。她是這個故事的大反派，也是一切悲劇的開端，正因如此，她的故事是我認爲最値得寫出來的。

寫這一集的時候，我將《赤瞳者》的故事內容講述給我母親聽，並且問她，如果她是馮瑞軒的母親，當她發現女兒身上的駭人祕密，是否會同意讓康旭容帶走女兒？我母親考慮了很久才說她會。

接著我又問她，倘若她事先知情，一旦接受器官移植將會導致怎樣無可挽回的後果，她是否會同意讓命在旦夕的孩子接受這場手術？這一次她想得更久，給出的答案也依然是同意。

對一個深愛著孩子的母親來說，這真是最可怕、也最殘酷的問題了吧？（但我母親應該覺得我比較可怕，老是拿這些難解的問題煩她，哈哈哈。）

而我也想問問你們，如果你們是馮瑞軒，會跟她一樣無法眞正去恨吳德因嗎？（煩完媽媽，換煩你們。）

不管你們會如何抉擇，我都很開心這些角色能夠走進你們的心裡，讓你們跟著他們一起緊張不安，謝謝一路看到這裡的你們，更謝謝你們的耐心等待。

我本來決定要讓袁醫師在這一集領便當，只是寫到第九章時，便改變了想法，那一章讓我寫到太心痛了，我以喜歡的漫畫角色為歐比命名，對一個愛狗人士來說，寫到歐比死亡的段落時，眞的會由衷感到難受，嗚嗚嗚。

大家應該看得出，我已經盡可能不在後記裡爆雷了吧，而我也差不多詞窮了。大概要等到最後一集出版那時，我才能暢所欲言，所以請大家原諒我這篇後記寫得特別短吧。

感謝親愛的馥蔓和POPO原創。

感謝林花老師繪製的美麗封面插畫。

感謝小平凡，謝謝你們等我到現在。
我們最後一集見！

晨羽

城邦原創 長期徵稿

題材

(1) 愛情：校園愛情、都會愛情、古代言情等，非羅曼史，八萬字以上，需完結。
(2) 奇幻/玄幻：八萬字以上，單本或系列作皆可；若是系列作，請至少完稿一集以上，並附上分集大綱。

如何投稿

電子檔格式投稿（請盡量選擇此形式投稿）

(1) 請寄至客服信箱service@popo.tw，信件標題寫明：【投稿城邦原創實體書出版／作品名稱／真實姓名】（例：投稿城邦原創實體書出版／愛情這件事／徐大仁）
(2) 稿件存成word檔，其他格式（網址連結、PDF檔、txt檔、直接貼文於信件中等）恕不受理；並請使用正確全形標點符號。
(3) 請附上真實姓名、性別、聯絡電話、email、POPO原創網會員帳號、作者簡介與出版經歷。
(4) 請加入POPO原創市集（www.popo.tw/index）申請成為作家會員，並將投稿作品公開放上該網站至少4萬字，若想全文公開也可以。

紙本投稿

(1) 投稿地址：10483台北市民生東路二段141號6樓
城邦原創實體出版部收
(2) 請以A4紙列印稿件，不收手寫稿件。
(3) 請附上真實姓名、性別、聯絡電話、email、POPO原創網會員帳號、作者簡介與出版經歷。
(4) 請自行留存底稿，恕不退稿。
(5) 請加入POPO原創市集（www.popo.tw/index）申請成為作家會員，並將投稿作品公開放上該網站至少4萬字，若想全文公開也可以。

審稿與回覆

(1) 收到稿件後，約需2-3個月審稿時間，請耐心等候通知。若通過審稿，編輯部將以email回覆並洽談合作事宜，如未過稿，恕不另行通知。
(2) 由於來稿衆多，若投稿未過，請恕無法一一說明原因或給予寫作建議。
(3) 若欲詢問審稿進度，請來信至投稿信箱，請勿透過電話、客服信箱、部落格、粉絲團詢問。

其他注意事項

(1) 請勿抄襲他人作品。
(2) 請確認投稿作品的實體與電子版權都在您的手上。
(3) 如果您的作品在敝公司的徵稿類型之外，仍然可以投稿，只是過稿機率相對較低。

國家圖書館出版品預行編目資料

赤瞳者03宿主／晨羽著. -- 初版. -- 臺北市； 城邦原創股份有限公司出版：英屬蓋曼群島商家庭傳媒股份有限公司城邦分公司發行, 2021.08
面； 公分

ISBN 978-986-06589-9-6（平裝）

863.57 110011416

赤瞳者03宿主

作　　者／晨羽
企畫選書／楊馥蔓
責任編輯／楊馥蔓

行銷業務／林政杰
總 編 輯／楊馥蔓
總 經 理／伍文翠
發 行 人／何飛鵬
法律顧問／元禾法律事務所　王子文律師
出　　版／城邦原創股份有限公司
台北市南港區昆陽街 16 號 4 樓
電話：(02) 2509-5506　傳真：(02) 2500-1933
E-mail：service@popo.tw
發　　行／英屬蓋曼群島商家庭傳媒股份有限公司城邦分公司
聯絡地址：台北市南港區昆陽街 16 號 8 樓
書虫客服服務專線：(02) 25007718・(02) 25007719
24小時傳眞服務：(02) 25001990・(02) 25001991
服務時間：週一至週五09:30-12:00・13:30-17:00
郵撥帳號：19863813　戶名：書虫股份有限公司
讀者服務信箱 email：service@readingclub.com.tw
城邦讀書花園網址：www.cite.com.tw
香港發行所／城邦（香港）出版集團有限公司
地址：香港九龍土瓜灣土瓜灣道 86 號順聯工業大廈 6 樓 A 室
email：hkcite@biznetvigator.com
電話：(852)25086231　傳眞：(852) 25789337
馬新發行所／城邦（馬新）出版集團 Cité(M)Sdn. Bhd.
41, Jalan Radin Anum, Bandar Baru Sri Petaling,
57000 Kuala Lumpur, Malaysia.
電話：(603) 90563833　傳眞：(603) 90576622
email:services@cite.my

封面插畫／林花
封面設計／Gincy
電腦排版／游淑萍
印　　刷／漾格科技股份有限公司
經 銷 商／聯合發行股份有限公司
電話：(02)2917-8022　傳眞：(02)2911-0053

■ 2021 年 8 月初版
■ 2024 年 8 月初版 7.2 刷

Printed in Taiwan

定價／300元

ISBN　978-986-06589-9-6